안녕하세요,
자영업자입니다

안녕하세요, 자영업자입니다

이인애 지음

문학동네

차례

제1장
스터디 카페를 열기로 한 건 꽤나 멍청한 생각이었다

제2장
너무 보통의 자영업자 이야기 1

제3장
사업을 하나 더 하기로 결심한 건 더 멍청한 생각이었다

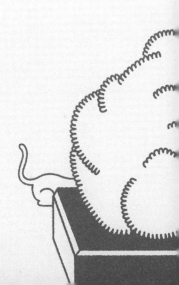

제1장

스터디 카페를 열기로 한 건 꽤나 멍청한 생각이었다

회사를
그만두다

대한은 회사를 그만둔 것이 자의에 의한 선택이었다고 생각했다. 물론 공식적으로는 권고사직이었지만 인정할 수 없었다. 어찌되었든 최종 결정을 내린 건 그 자신이었다. 회의가 길어지거나 사고가 터질 때마다 그는 역시나 일 년을 버티지 못하고 나갔던 신입이 했던 말이 떠올랐다. 여기서 버티고 버텨 잘 풀리면 과장님 되는 거잖아요. 뼈를 갈면 팀장님? 전 그렇게는 못 살 것 같아요. 어쨌든 저한테도 한 번 사는 인생이니까요.

어르고 달래 일 가르쳐놨더니 한다는 소리였다. 나가겠다는 통보였다. 이제 겨우 쓸 만해지니 꿈과 미래 타령이었다. 뽑아만 주시면 회사를 위해 온몸을 바쳐 일하겠다던 절절함은 사계절이 채 지나기도 전에 자취를 감추었다. 이미 결심을 굳힌 듯한 신입의 목소리를 들으며 대한은 자기도 모르게 고개를 끄덕였다. 판공비는커녕 차비도 없이 신입을 잡아오라는 회사였다. 고기라도 사주면서 좀 달래봐, 라던 팀장의 얼굴이 떠올랐다. 맞는 말이었다. 버티고 버티다 일이 잘 풀릴 경우 맞이할 미래는 행색만 멀끔할 뿐 자가 한 채 마련하지 못하고 중년에 접어든 팀장이었다. 숨이 막혔다. 역시나 무주택자인 그가 부모님께 물려받을 수 있는 재산이라고는 수십 년 후에나 수령할 1000만 원짜리 사망보험금이 전부였다. 신입의 눈에 대한의 미래는 팀장보다 몇 배는 더 어두워 보일 것이었다. 분명 열심히 공부하고 치열하게 살아왔다고 생각했는데 패배자가 된 기분이었다. 대한은 신입을 잡을 수 없었다.

이직은 어디로 할 예정이냐는 질문에 신입은 웃으며 고개를 저었다. 넉넉하지는 않다 해도 부족하지도 않은 집에서 자란 친구가 분명했다. 나이가 드니 낯빛만 봐도 어떤 집안에서 자랐는지가 대충은 보였다. 사랑받고 지지받으며 살아온 사람들 특유의 사람 좋아 보이는 미소가 부러웠다. 그래서 대한은 기분이 나빠졌다.

발리에 갈 거예요.

순간 대한은 들고 있던 젓가락을 떨어뜨렸다. 일 년 동안 모은 돈을 모두 털어 항공권과 숙소를 구했다고 했다. 자신을 위한 선물인 만큼 좌석은 큰맘 먹고 비즈니스로 끊었다는 말도 덧붙였다. 핸드폰을 꺼내 최종적으로 결정한 숙소라며 사진들을 보여주는 신입의 얼굴에 생기가 돌았다. 이국적이고 고급스러운 게스트하우스가 다른 차원에 존재하는 장소 같았다.

왜 하필 발리냐고 물었다. 신입의 눈동자가 반짝였다.

서핑하러 가요.
서핑?
가서 원 없이 서핑하고 오려고요. 과장님은 서핑 한 번도 안 해봤다고 하셨죠?

그 말을 듣자 몇 달 전 월차 사건이 떠올랐다. 결국 이 모든 게 다 그 일 때문이었다.

대한이 담당하던 해외 바이어가 잠수를 탔다. 코로나 방지를 위한 자가격리에 시간을 버릴 수 없어 외국에 직접 나갈 수도 없던 시기였다. 절반 이상 진행되었던 프로젝트는 폐기되었고, 사고를 수습하고 손실을 줄이기 위한 새 프로젝트가 추진되었다. 누가 보아도 무리한 일정이었다. 하청업체가 기한 안에 일을 마칠 수 없다며 보이콧을 선언하는 바람에, 기존 업체를 달래는 한편 새 거래처를 뚫기 위해 팀원 전체가 재택근무를 포기했다. 부서장부터 인턴까지 모두가 비상이었다.

그러던 중 신입이 월차 신청서를 내밀었다. 처음엔 정신이 나갔거나 그냥 장난을 치는 줄 알았다.

뭐, 월차? 네. 딱 하루만요. 지금 월차 쓸 수 있는 상황이 아니잖아. 주말까지 나와서 일을 해도 될까 말까 한 상황인데 뭐? 월차를 낸다고? 저도 주말에 많이 나왔어요. 지난달, 지지난달도 월차 사용 안 했고요. 그건 알지. 미안해. 미안하게 생각해. 그런데 우리 팀원들 중에 요 몇 달 사이 월차 쓴 사람이 하나라도 있어 보여? 부서장님까지 나와서 전화 돌리는 거 보면서도 그런 말이 나와? 회사 상황 뻔히 알면서 사람이 왜 그래? 그러니까 며칠 아니고 하루만요. 다음주 월요일, 딱 하루만 쓸게요. 진짜 미안한데, 이번엔 안 돼. 다른 팀까지 우리 도와주려고 주말 출근하고 있는데 사람이 염치가 있어야지.

신입과의 언쟁은 팀장의 개입으로 중단되었다. 증빙서류 챙길 수 있는 경조사 아니면 나오거나 나가거나 둘 중 하나만 하라는 말이었다. 중년 남성의 윽박지름 한 번에 신입은 꼬리를 내리고 자리로 돌아갔다. 바들바들 떨리는 어깨에서 분노가 느껴졌지만 제까짓 게 화가 나면 얼마나 난다고 저러는지 우습지도 않았다. 생각해보면 어처구니가 없었다. 이런 것이 바로 학교에서 가르쳐주지 않는 실전형 신입 교육이었다.

그리고 그주 내내 신입은 한마디도 하지 않았다. 생글거리던 미소가 얼굴에서 사라졌다. 문득 혹시 아픈 가족이라도 보러 가야 하는 상황이었으면 어쩌지 하는 생각에 대한은 마음이 불편했다. 팀장 역시 같은 생각이었다. 하지만 사과를 할 사안도 아닌 것 같아서 더 복잡했다. 이 일을 어떻게 넘겨야 할지 대한과 팀장은 사흘 내리 함께 술을 마시며 답이 없는 토론을 했다. 요즘 어린 친구들은 상전 중 상전이라 비위를 맞추기가 너무 힘들다는 토로가 밤이 다 가도록 이어졌다.

어린 친구. 어린 친구라. 나도 아직 어린 줄 알았는데.

대한이 낮은 목소리로 읊조렸다. 어느덧 '어린 친구'의 범주에 자신은 속하지 않았다. 아쉽지만 현실이 그랬다. 아직 사십대가 되지 않은 삼십대, 이제 스물보다 쉰이 더 가까운 나이, 그것이 그의 위치였다. 눈 한 번 깜빡하니 이제 정말 어른이었다.

신입이 월차를 내려던 사유는 며칠 뒤 다른 팀 대리로부터 들을 수 있었다. 서핑을 가려고 했다는 전언이었다. 다른 요일

13

도 아닌 월요일에, 월차까지 내고, 무려 서핑을 가려고 하셨단다. 뭐, 서핑?

그해 초여름, 주말이면 비가 쏟아지거나 구름이 잔뜩 졌다. 그러다 모처럼 맑게 갠다던 주말, 파도가 기가 막혔을 그 주말에 신입은 서핑을 하기 위해 고성을 가려고 했단다. 미안했던 마음이 싹 사라지며 화가 치밀어올랐다. 아직 어려서 그런 건지 사람이 이기적이어도 너무 이기적이었다. 대한이 서둘러 따끈한 소식을 팀장에게 전했다. 그런데 팀장의 반응이 의외였다. 함께 신입 욕을 할 줄 알았던 팀장은 가만히 이야기를 듣다 고개를 숙였다.

그런 거면 사과를 해야겠네. 이 과장은 가만히 있어. 내가 얘기할게.

◇◇◇◇

대한은 사표가 수리되고도 열흘을 더 일한 후에야 회사에서 짐을 뺄 수 있었다. 당장이라도 밖으로 뛰쳐나가고 싶었지만 바이어 잠적 건으로 회사는 10억도 넘는 손실을 입었다. 이렇게 된 이상 최대한 일을 수습하고 나가야 했다. 그것이 그가 회사에 보일 수 있는 마지막 의리였다.

이십대 때 몇 번 이직을 경험해보긴 했지만 팔 년을 일한 직장을 그만두는 것은 생각보다 더 섭섭한 일이었다. 하지만 복잡한 마음과는 다르게 절차는 간단했다. 그저 짐을 빼고 5000만 원가량의 퇴직금을 받으면 끝이었다. 퇴사하겠다는 말을 꺼낸 것은 대한이었다. 따지고 보면 자발적 퇴사였지만 운좋게 실업급여도 받을 수 있었다. 힘을 써준 사람이 팀장이라는 소식을 들은 것은 퇴사하고 몇 주가 지난 어느 여름날이었다.

알람 없이 눈을 뜬 보통날이었다. 늦잠을 잔 대한이 습관처럼 핸드폰을 집어들었다. 밤새 쌓인 작은 동그라미 안 미확인 메시지 숫자를 견딜 수가 없었다. 일종의 직업병이고 강박이었다.

카카오톡과 광고만 한가득인 메일을 확인하고 있는데, 영업팀 서 과장에게서 전화가 왔다. 입사 동기인데다 동갑이라 친하게 지냈던 서 과장의 목소리에 영 맥아리가 없었다.

"이 과장, 아니 이제 이 사장님인가?"

"아직 부동산 계약한 것도 없는데 사장은 무슨."

"바깥세상은 어때, 진짜 듣던 대로 지옥이야?"

"아직까지는 천국. 실업급여 따박따박 받으며 내 사업 구상하고 있는데 이보다 더 좋을 수가 있을까."

"아직 월급쟁이네. 출근만 안 하는 월급쟁이."

사람 좋은 목소리로 함께 웃음을 터뜨렸지만 사실 대한은 무척이나 초조했다. 시간이 흐르며 생겨나는 불안감을 잠재우기가 생각보다 쉽지 않았다. 태어나서 처음으로 만져본 큰돈이었다. 5000만 원이란 목돈을 이렇게 손에 쥐고 있어도 괜찮은지, 대출을 있는 대로 당겨 지방에 아파트라도 사두어야 하는 것은 아닌지, 하다못해 사업 시작 전까지 주식이나 가상통화 시드를 키워 단타라도 치고 빠져야 하는 것은 아닌지 오만 가지 생각들이 하루에도 몇 번씩 머릿속을 헤집어놨다. 하루하루 흘러가는 시간은 구멍난 주머니에서 줄줄 새는 동전 같았다. 구체적인 계획도 세우지 않고 대충 그려본 청사진만 믿고 덜컥 퇴사부터 지른 것은 아닌지 등골이 서늘해졌다.

서 과장은 아직 이런 불안감을 눈치채지 못한 기색이었다.

"사업 종목은 결정했어?"

"사업이라니 뭔가 부끄럽네. 임대업하려고."

"임대업? 우리 퇴직금이 그렇게까지 나와? 아파트나 오피스텔은 턱도 없을 거고. 구석진 곳에 상가 한 칸이라도 구할 수 있는 거야?"

"부동산 임대업 말고, 공간 임대업."

"공간 임대업?"

'필요는 창조의 어머니'란 문구는 다름 아닌 사훈이었다.

바이어 사건이 터진 후 대한은 머리를 식히기 위해 동네를 걷기 시작했다. 느린 걸음으로 주변을 구경하다보면 사무실 입성과 동시에 느껴지는 퇴사의 압박이 조금은 사라지는 느낌이었다. 평소엔 그냥 지나쳤던 거리들이 서서히 다르게 보였다. '상권'이라는 것이 처음 눈에 들어온 시점이었다.

사실 이 동네엔 있을 법한데 없는 것들이 너무 많았다. 스타벅스와 올리브영, 다이소, 주거래은행, 스터디 카페가 바로 그것이었는데, 미친놈도 아니고 '없으면 만들까?' 하는 생각이 불현듯 대한의 머릿속을 스치고 지나갔다. 매장에 들어서면 적은 인원일지언정 직원들이 줄지어 서서 자신에게 인사하는 건방진 상상도 조금씩 자라났다. 불가능할 것 같던 꿈은 머릿속에 점점 더 깊이 뿌리를 내리고 구체화되어갔다. 다른 점포는 힘들어도 스터디 카페 하나 정도는 오픈할 수 있을 것 같았다.

그래서 시장조사에 들어갔다. 결과는 가히 충격적이었다. 이 동네엔 그 흔한 독서실 하나가 없었다. 넓게 보면 큰 아파트 단지들이 여럿 모인 항아리 상권인데다 근처에 중학교도 두 개나 있는데, 믿을 수가 없었다.

이런 곳에 스터디 카페가 없다니, 제주도 해변가에 카페 하나 없는 거랑 뭐가 다른가 싶었다. 곧, 스터디 카페를 열어 벌어들일 수익에 대한 계산이 섰다. 1시간에 2000원씩 24시간이면 4만 8000원이었다. 좌석을 오십 개만 놓는다 해도 하루 매출은 240만 원이었다. 한 달을 삼십 일로 잡으면 7200만 원의 매출을 올릴 수 있었고, 좌석이 꽉 차지 않을 경우를 가정하여 최대 매출의 절반만 잡아도 무려 3600만 원이었다. 시간까지 반토막을 내도 1800만 원, 월세에 알바 월급까지 계산해도 회사에서 받는 월급보다 남는 게 많았다. 커피와 간식까지 판다면 수익은 그 이상일 것이었다. 남들이 치고 들어오기 전에 선수를 쳐야 했다. 월급쟁이가 꿀 수 있는 꿈 이상의 미래를 꿈꾸고 싶었다.

"스터디 카페 준비하고 있거든. 잘되면 2호점 점장 시켜줄게."

2호점이라니. 세상에, 2호점이라니. 사업이 잘 풀리면 프랜차이즈를 차려 회장님이 될 수도 있었다. 평생의 목표가 집 한 채 소유하는 것이 아닌 인생을 소유하는 것으로 바뀔 수도 있었다. 삶의 패러다임이 바뀔지 모르는 이런 일을 왜 이제야 생각했는지 대한은 스스로가 한심하게 느껴졌다.

이런 생각을 눈치챈 듯 서 과장이 연신 부럽다는 말을 보냈다. 얼마 전 딸이 태어난 서 과장은 똥밭에 굴러도 회사는 절대 그만둘 수 없을 터였다.

"역시 동기사랑 나라사랑이네. 너를 동기로 둔 나 자신을 칭

찬한다."

"총알 좀 준비해놓으라고."

"진짜 2호점까지 잘되면 3호점은 꼭 김 팀장님 챙겨드려라. 김 팀장님이 너 실업급여 받게 하려고 진짜 애 많이 쓰셨대. 전무님 비서가 여기저기 떠들고 다니던데, 엄청 아쉬운 소리 하셨다나봐."

딱히 능력 있는 상사는 아니었지만 사람 하나는 좋았던 김 팀장이었다. 지점당 나에게 떨어지는 배당이 매달 500 이상 나오면 정말 그래야겠다고, 나 혼자 벌어먹고 살기도 힘든 삶이 아닌 주변도 좀 챙기는 인생을 살아야겠다고, 대한은 생각했다.

물론 건방진 생각이었다.

문제는 오픈을
준비할 때부터 시작되었다

PART 1 시장조사

사업을 하기로 결심한 후 대한이 가장 먼저 시행한 것은 상권 분석이었다. 큰돈을 들일 필요도 전문가를 찾을 이유도 없었다. 살고 있는 동네다보니 그 자신이 누구보다 이 지역 유동인구 흐름에 빠삭했다.

특별한 기술이 필요한 일이 아니니 누군가에게 전문지식을 배울 필요도 없었다. 대형 프랜차이즈 스터디 카페의 인테리어를 눈여겨봤고, 지하철로 다섯 정거장 정도 떨어진 지역까지는 직접 발품을 팔아 방문해보기도 했다. 자영업자 커뮤니티에도 가입했다. 학생들과 취업 준비생들이 모여 있는 카페에도 자주 접속해 들여다보았다. 곧 중요한 요소들이 추려졌다.

거리, 가격, 청결, 소음, 환기, 조명, 편안한 의자, 업장 내에 있는 화장실.

브랜드나 인테리어, 무료로 제공되는 음료의 가짓수 같은 건 생각보다 중요하지 않았다. 매출에 직접적으로 영향을 미치는 요소들을 다시 한번 정리한 대한은 부동산을 찾아 나섰다. 시작이었다.

PART 2 부동산

스터디 카페의 성패는 입지에 달려 있었다. 사실상 입지가 90퍼센트라는 명제는 업자들 사이에선 수학의정석 같은 이야기였다. 부동산을 휘젓고 다니는 건 임차인 마음이지만 그럴 경우 매물을 찾는 이가 많은 줄 알고 가격이 오른다는 말도 있었다. 동네 부동산 사장님들 사이에 카르텔이 조성되어 있어 여러 군데 물어보고 다녔다가는 욕 얻어먹기 십상이라고도 했다. 하지만 큰돈을 투자하는 일이기에 대한은 돌다리도 두드려보고 건너고 싶었다. 북한산 바윗길이라 해도 두드려봐야만 오를 수 있을 것 같았다. 네이버 부동산에 올라온 매물들을 체크하고, 하루종일 걸어다니며 공실들을 직접 확인했다.

코로나가 할퀴고 지나간 상흔은 생각보다 깊었다. 아직 철거를 하지 않아서 그렇지 다섯 집 건너 한 가게가 빈집이었다. 아쉬운 점은 매물로 나온 곳들 대부분이 통으로 트인 장소가 아닌 책상 스무 개는 들어갈까 싶은 작은 매장이라는 것이었다. 공실이 많아 매장을 쉽게 구할 수 있겠다 생각했는데 그것부터가 착각이었다.

이런 식으로는 승부를 볼 수 없었다. 조금 더 발품을 팔아봐야 했다.

처음 한 생각은 모름지기 스터디 카페는 학생 유동인구가 많은 학원가에 차려야 하지 않겠느냐는 것이었다. 근처 학원가를 돌아보던 대한의 눈에 지어진 지 이십팔 년 된 건물 팔층에 위치한 월세 450만 원짜리 상가가 들어왔다. 보자마자 이곳이다 싶은 생각이 들었다. 위치가 너무 좋아 매물이 금방 빠질 것 같았다. 계약을 서둘러야겠다는 생각에 대한은 무작정 근처 부동산의 문을 열고 들어갔다. 그리고 그곳에서 만난 공인중개사 아저씨는 상상치도 못했던 말을 아무렇지도 않게 꺼냈다.

"여기는 학원가라 권리금 좀 있는 거 아시죠?"

솔직히 생각해본 적 없는 항목이었다. 권리금이란 존재를

인지조차 못하고 있었을뿐더러 지금 널리고 널린 게 공실인데 권리금까지 받고 상가 거래를 한다는 현실이 믿기지 않았다. 그래도 차마 초짜 티를 낼 수는 없어 대한은 목소리를 가다듬었다. 이제 그도 사장이었다.

"그럼요. 권리금 드려야죠. 이 상가는 얼마나……"

"거기는 작년에 천장 에어컨하고 새시 새로 해서 1억은 받아야 한다는 거, 내가 그러면 절대 안 나간다고 많이 깎았어요. 그래서 7000! 이 정도면 이 상권에선 거저 가져가는 거야, 거저 가져가는 거."

초짜 티를 숨기기는 불가능해 보였다. 부동산 아저씨는 거저가 무슨 뜻인지 모르는 게 분명했다.

보증금 5000에 권리금 7000, 거기에 인테리어 비용까지 더하면 주식과 예금을 모두 처분해도 만들어낼 수 없는 금액이었다. 그렇다고 지금 살고 있는 집의 전세보증금을 뺄 수도 없는 노릇이었다. 네이버 부동산 페이지에도 권리금 항목이 분명 있었는데 왜 인지하지 못했을까. 대한이 당황한 기색을 숨기지 못하자 사장님은 좋은 매물들이 많이 있다며 장부 하나를 꺼내들고 왔다.

"무슨 일 하시려고. 어떤 거 찾으시는데?"

"저, 어, 스터디 카페요……"

"독서실 하시게? 여기 월세 만만치 않아서 지하 아니면 쉽지 않을 텐데?"

"지하요?"

기억하자. 스터디 카페를 성공시키기 위한 핵심 요소 중 하나, 환기.

"지하면 환기를 어떻게 해요? 창문이 없잖아요."

"젊은 선생님이 언제 적 얘기를 하고 그러시나. 그럼 뭐 백화점은 창문 있어서 영업한대요? 다 환풍기 설치하고 영업하는 거지. 이 동네 건물들 지하엔 서점도 있고, 음식점도 있고, 다 그래요. 아니, 이 동네에서 장사할 거라면서 한번 돌아보지도 않으셨어?"

공부도 할 만큼 하고 발품도 팔 만큼 팔았다고 생각했는데 오만이었다. 얘기를 나누다보니 제대로 아는 게 하나도 없었다. 대한은 얼굴이 뜨거워지는 것을 느꼈다. 자리에 앉아 있기가 힘들었다.

"말씀해주신 대로 먼저 좀 돌아보고 오겠습니다."

"같이 안 보고요?"

"돌아본 후에 다시 올게요."

초짜이긴 해도 호구는 아니었다. 지하에 스터디 카페라니, 누구를 바보로 아나. 부동산 중개인이 처음 보는 대한에게 좋은 매물을 보여줄 리가 만무했다. 그렇다고 그가 쌓여 있는 매물 중 하나를 덤핑받을 정도로 숙맥은 아니었다. 대기업에 운으로만 들어간 것도 아니었고, 팔 년이란 세월을 공으로 버틴 것도 아니었다.

부동산을 나서는 대한을 공인중개사는 조금도 아쉽지 않다는 표정으로 배웅했다. 인자함마저 느껴지는 얼굴이었다. 순간 대한은 눈앞이 번쩍했다. 뒤통수를 세게 얻어맞은 듯했다.

그렇다. 생각해보면 저 아저씨야말로 거리 짬밥을 한 트럭은 먹은 '꾼'이었다. 꾼들은 돈 냄새를 기가 막히게 맡았고, 돈을 갖다 바칠 초짜 장사꾼들을 철가루 위 자석처럼 본능적으로 끌어당겼다. 회사가 학교와는 달랐던 것처럼, 실물경제의 최전선인 자영업 시장 역시 회사와는 달랐다. 꾼들의 세계에서 돈을 지켜내는 일은 결코 쉽지 않을 것이었다. 대한은 그 누구보다 똑똑해질 필요가 있겠다며 마음을 다잡았다.

◇◇◇◇

처음으로 생각을 되돌렸다. 가장 중요한 건 스터디 카페를 이용할 고객층이었다. 식당이나 옷가게가 아니니 전체 유동인구를 따지는 것은 무의미했다. 근처 아파트 단지의 세대수를 따지는 것도 그다지 의미가 없어 보였다.

신혼부부나 노년층이 주로 거주하는 동네에선 스터디 카페 이용률이 상대적으로 저조할 수밖에 없었다. 사회생활을 하는 직장인들이 많은 오피스 지역에서도 스터디 카페가 잘될 가능성은 낮아 보였고, 대학가 역시 학교 도서관이 있으니 쉽지 않을 듯했다.

대한에게는 독서실이 아니라 스터디 카페를 운영하겠다고 결심을 굳힌 나름의 이유가 있었다.

1. 요즘 애들은 독서실보다 스터디 카페를 선호한다. 꽉 막힌 책상에서 공부가 더 잘되지 않느냐는 생각은 20세기에 태어난 사람들의 의견일 가능성이 높다.

2. 더군다나 요즘은 1인실이 있는 스터디 카페도 많다.

3. 독서실은 프리미엄 독서실과 일반 독서실로 나뉘는데 프리미엄 독서실의 경우 시설비가 많이 들고 단위면적당 받을 수 있는 인원이 적다. 일반 독서실이 프리미엄 독서실과의 경쟁에서 이기기 위해서는 가격경쟁력을 갖추어야 하는데, 그러면 수익률이 현저히 떨어진다.

4. 스터디 카페는 음료와 간식도 판매할 수 있다. 그런데 조리 음식이 들어갈 경우엔 공간 임대업이 아닌 일반 음식점으로 등록해야 할 수도 있으므로 조리가 필요한 간식은 수익률이 좋아도 과감히 빼는 게 낫다.

5. 그리고 무엇보다 중요한 이유는 독서실은 비자유업종이지만 스터디 카페는 자유업종이라는 사실이다.

업종 구분		사업자 등록 방법	예
비자유업종	허가업	국가로부터 허가를 받아야 함. ※가장 까다로움.	유흥주점, 성인 오락실
	등록업	특정 조건을 충족시켜야 함. ※허가업보다는 덜 까다롭고, 신고업보다는 까다로움.	노래 연습장, 독서실
	신고업	신고증만 발급받으면 됨. (사실상 실사 X) ※가장 덜 까다로움.	일반 음식점, 헬스클럽
자유업종		그냥 사업자로 등록만 하면 됨.	슈퍼, 문구점

독서실을 하려면 교육청으로부터 허가를 받기 위해 온갖 서류를 내고, 전기와 소방 등 검사도 따로 받고, 교육청에서 나온 실사를 통과해야 했다. 면적과 수용 인원에도 제약이 있고, 엘리베이터와 계단의 개수도 중요했으며, 건물주에게 양해를 구

하고 건축사무소를 찾아 건물의 용도 변경을 해야 할 수도 있었다(이게 골때리는 게, 용도 변경은 일반인은 절대 할 수가 없다. 건물주가 구청에 직접 찾아가도 건축사무소에 찾아가 진행하라고 한다. 고위급 어디엔가 커넥션이 있는 건 아닌지 따져볼 필요가 있는 사안이다). 그에 반해 스터디 카페는 세무서에 가서 사업자 등록만 하면 끝이었다. 이보다 더 간편할 수가 없었다.

물론 독서실에도 이점은 있었다. 독서실은 학원과 마찬가지로 부가가치세 면세 사업이었다. 그런데 부가가치세가 얼마나 무서운 것인지는 부가가치세를 납부하기 전까지는 절대 알 수 없다. 초등학생에게 "고등학교 수학은 엄청 어려워"라고 아무리 설명해줘도 도대체 얼마나 어렵다는 건지 감을 잡지 못하는 것과 비슷한 느낌이랄까.

고로 대한이 스터디 카페가 아닌 독서실을 오픈할 이유는 어디에도 없었다. 살면서 부가가치세를 납부해본 적이 없어서 더 그랬다. 게다가 스터디 카페는 공간적 여유만 있다면 바로 옆에 카페, 또 그 옆에 공유 오피스 등 사업을 확장하기도 용이했다. 중요한 건 오로지 고객의 선택이었다. 정기적으로 시험을 보는 중고등학생, 그리고 각종 시험을 준비하는 수험생의 선택만이 고려 대상이었다. 이들의 구미를 당길 수 있는 지역을 선택해야 했다.

　꼬박 일주일 넘게 발품을 판 대한은 마침내 마음에 드는 매물 몇 개를 찾아냈다. 모두 살고 있는 동네에서 멀지 않은 곳들이었다. 먼 동네까지 발품을 팔아볼까 생각해봤지만 잘 모르는 동네에 개업했다가는 실패할 확률이 높을 것 같아 그만두기로 했다. 모르는 동네엔 투자하지 않는 편이 낫다는 것은 굳이 겪지 않아도 알 수 있는 사실이었다. 망하는 자리에 들어온 가게들은 계속 망했다. 이유는 몰라도 참 신기한 일이다.

　이번엔 부동산 사무소 선택에도 공을 들였다. 고르고 고른 부동산 사무소는 간판도 가장 깨끗하고 네이버 부동산에 매물도 가장 많이 올려놓은 곳이었다. 무엇보다 건물 한쪽 벽면을 모두 덮은 '상가 전문 부동산'이라는 현수막을 보자 신뢰도가 올라갔다. 저만큼 '상가 전문'을 강조할 정도라면 처음엔 전문이 아니었다 하더라도 지금은 전문일 수밖에 없을 것 같았다.

　부동산 사무소 문을 열었다. 중년 아주머니 두 분과 이십대처럼 보이는 남자 한 명이 다급하게 마스크를 찾았다. 공기 중에 남아 있는 찌개냄새와 생선냄새가 불쾌했다. '스터디 카페 내에선 이용객도 직원도 냄새나는 음식은 절대 취식 금지.' 새로운 규칙 하나가 추가되었다.

　"전화하고 오셨나요?"

그래도 군대는 다녀왔겠다 싶어 보이는 남자가 엉거주춤 자리에서 일어섰다. 회사원보다는 대학생에 더 가까워 보이는 복장이었다.

"아니요. 예약이 필요한가요?"

그러자 가장 안쪽에 앉아 있던 아주머니가 대화에 끼어들었다.

"미리 전화를 주면 좋은데 꼭 필요한 건 아니에요. 앉으세요. 뭐 찾으시는 물건 있으실까? 커피는 하시죠? 실장님, 여기 커피 두 잔이요."

"아니요, 저는 괜찮습니다."

이런 음식냄새 나는 곳에서 처음 보는 사람과 마스크를 내리고 함께 커피를 마시고 싶진 않았다. 실장님이라 불린 아주머니가 고개를 끄덕이더니 커피포트에 물을 끓였다. 믹스커피와 종이컵은 커피포트 옆이 아닌 실장님의 책상 밑에 따로 자리하고 있었다.

누가 물은 것도 아닌데 앞에 앉아 있던 아주머니가 크게 손을 내저었다. 대한의 시선이 티가 나게 불편했던 모양이다. 역시 자기 사업 하는 사람들의 눈치와 촉은 대한민국을 다 뒤져도 따라갈 직장인이 없을 거라고, 대한은 다시 한번 생각했다.

"부동산이 제일 만만해요, 아주."

"네?"

"물 한 잔만 마시겠다, 화장실 좀 쓰겠다, 더운데 추운데 잠깐 들어갔다 가겠다, 다들 동네 사랑방으로 안다니까요."

"아, 네."

"커피도 여기 아저씨들이 왔다갔다하면서 하도 한 잔씩 빼드셔서 안에 넣어놨어요."

"대표님, 여기요."

그새 실장님이란 분이 종이컵에 믹스커피를 타 테이블 위에 내려놓았다. 대한의 앞에 앉아 있는 아주머니가 바로 이 부동산의 대표였다.

"네이버 부동산에서 물건을 좀 봤는데 제가 보려는 곳이 여기에서 올린 물건이어서요."

"그러시구나, 잘 왔어요. 우리가 이 근방에서 상가 물건은 제일 많아요."

그때 부동산 전화벨이 울렸다. 어린 남자가 "○○ 부동산, ○○ 팀장입니다"라며 전화를 받았다. 전화 받을 장소 하나 따로 없는 이 작은 사무실에서 근무하는 세 명의 직함이 대표, 실장, 팀장인 모양이었다. 하긴, 사업자 등록증만 내면 대한도 그 순간부터 사장님이었다. 하지만 아직 직장인 물이 덜 빠졌는지 손발이 오그라드는 기분은 어쩔 수가 없었다. 자신이 팀장인

동시에 팀원인 삶은 어떤 것일지 감이 잘 잡히지 않았다.

전화에 잠시 주의를 빼앗긴 대한을 부른 건 부동산 대표였다. 대표가 노련한 말투로 관심 물건을 물었다.

"뭐가 궁금하셔?"

"몇 개 있는데요. 우선 ○○아파트 사층에 있는 공실이요."

"거기는 공실이 여러 개인데. 어떤 거 보셨어요?"

"피부관리샵 뒤쪽에 있는 48평짜리요."

"아, 그거 지금은 중간에 가벽 세워져 있는데 금방 철거 가능해요. 그런데 뭐하시려고?"

"스터디 카페요."

"어머, 스터디 카페! 요즘 많이들 생기던데 이 동네는 왜 없는지 안 그래도 궁금했어요. 엄마들이 너무 좋아하겠다. 요 아래에 공부방도 많고, 무엇보다 그 건물이 주상복합이잖아요. 거기 사는 사람들 정말 좋아하겠네. 주변 아파트 단지 사람들도."

"보증금 2500만 원에 월세 230만 원으로 봤고요."

"네, 맞아요."

"그런데 권리금이 협의로 되어 있더라고요. 권리금이 얼마인가요?"

"원래는 1500만 원이었는데 거기 빈 지 반년도 넘은데다 이

전 임차인이 월세를 좀 밀렸었다나봐요. 심지어 관리비도. 그래서 아마 얘기만 잘하면 대폭 깎을 수 있을 거예요. 내가 임대인이랑 잘 얘기해볼게요."

관리비?

예상치 못한 비용은 권리금이 전부일 줄 알았는데 생각해보니 건물에는 관리비도 있었다. 지금 그가 살고 있는 18평짜리 주공아파트의 여름 관리비가 6~8만 원, 겨울 관리비가 15~18만 원이었다. 상가는 바닥 난방을 하지 않으니 도시가스 비용이 들지는 않을 터였다. 그래도 돈을 내는 주체가 적어 비용이 조금 나가긴 하겠거니 막연히 짐작했다.

"임대인한테 지금 전화 한번 해볼까요?"

"거기 관리비는 얼마나 해요?"

"잠깐만요, ○○ 주상복합 상가 관리비…… 원래 총면적으로 따져야 하는데 여기는 전용면적으로만 적혀 있네. 전용면적 30평에 58만 원 정도니까……"

"58만 원이요?!"

대한은 평정심을 잃고 말았다. 바닥 난방도 하지 않고 에스컬레이터도 정지해놓은 상가의 관리비가 어떻게 그렇게까지 나올 수 있는지 이해가 가지 않았다(심지어 개별 전기요금 수십만 원은 따로 내야 한다는 사실은 나중에야 알았다).

이쯤 되자 부동산 대표는 나에 대해 경험치 파악이 완료된 듯 보였다.

"그래도 100만 원은 안 넘을 거예요."

"네? 100만 원이요?!"

"아유, 이렇게 큰 건물들이나 아파트 단지 내 상가들은 원래 관리비가 좀 세요. 이게 면적 따라 달라지는 거라서 넓은 평수는 조금 더 내는 거고, 작은 평수는 조금 덜 내고. 여기가 엘리베이터도 두 개씩 총 네 대나 있고, 지하주차장도 있어서 운영비가 작은 건물들보단 많이 들어요. 내가 알기론 거기 일층에 2~3평짜리 오픈 상가 사장님들도 매달 15만 원 정도는 내고 있을걸요? 냉난방할 때는 20만 원 정도? 관리비 아까운 걸로 치면 그 사장님들이 제일 아깝지. 그래도 경비 아저씨들도 한 타임에 두 분씩이나 근무하시고, 화장실 청소도 매일 한 번 이상 하는데. 그거 아까우면 장사 못하죠."

따발총같이 이어지는 설명을 들으면서도 대한은 관리비가 100만 원이 될 수도 있다는 사실 때문에 머릿속이 복잡하기만 했다. 물론 24시간 만석으로 돌아간다면 그깟 100만 원, 새 발의 피 같은 돈이겠지만, 초기 자금이 **빡빡한** 현재로서는 새 발의 피가 아닌 그냥 피 같은 돈이었다. 보증금에 월세, 관리비, 권리금뿐만 아니라 초기 인테리어 비용, 책상 및 의자 구입 비용, 청소 업체나 아르바이트생에게 줄 돈 역시 생각해야 했다. 빠듯함이 뻐근함이 되었다. 뒷골이 당겼다. 서둘러 두번째 옵션으로 넘어가야 했다.

"저 다른 곳도 생각해둔 곳이 있는데요."

"또 어디 보셨어?"

"△△△역 뒤 50평대 건물요."

"아, 그 삼겹살집 삼층?"

부동산 대표가 대한을 순식간에 파악한 것처럼 대한이 부동산 대표에 대해 단번에 파악하게 된 순간이었다. 클릭 한 번 하지 않고 자신이 말한 모든 매물에 대해 막힘없이 설명하는 것을 보니 이 부동산은 누가 뭐래도 상가 전문 부동산이 분명했다. 대한은 상당히 높아진 신뢰의 눈빛을 보내며 부동산 대표의 말에 귀를 기울였다.

"거기는 관리비가 10만 원도 안 해요. 대신 계단 청소는 직접 해야 하고, 화장실 관리도 다들 직접 하고."

청소야 알바도 쓸 테니 괜찮을 것 같았다. 대한의 눈빛을 읽은 부동산 대표는 신이 나서 말을 이어갔다.

"그리고 거기 임대인하고 나하고 아는 사인데 보증금도 조금 깎을 수 있는 방법이 있어요. 심지어 거긴 무권리!"

게임은 끝났다.

"물론 조건이 약간 있기는 한데, 그 조건만 괜찮으면 보증금은 몇백만 원 더 낮출 수도 있어요. 이것도 우리 부동산이어서 가능한 거야. 임대인이 나를 엄청 신뢰하거든."

이렇게 스터디 카페의 주소가 결정되었다. 대한은 가계약으로 보증금 10퍼센트를 입금하고 임대인과 계약 날짜를 조율하는 듬직한 대표의 모습을 지켜보았다. 이렇게 열심히 일하시는데 식사는 잘 챙기셔야지, 하는 생각이 들면서 불과 몇 분 전에 자신이 했던 생각들이 부끄러워졌다. 역시 사람은 자기 그릇만큼만 생각하고 판단한다. 아직 그는 하수 중에서도 하수였다. 햇병아리였다.

◇◇◇◇

계약 날이 밝았다. 임대인은 동네 어디에서나 볼 수 있을 법한 평범한 사십대 어머님이었다. 대한과 몇 살밖에 차이가 안 나 보이는데 무려 건물주였다. 조곤조곤한 목소리로 인사를 건네는 임대인에게 부동산 대표가 운을 떼웠다.

"저기, 그 보증금이요. 그때 낮춰줄 수 있다고 했잖아요."

"맞아요. 지하까지 같이 임대하시면……"

"지하요?"

대한이 임대인과 부동산 대표의 대화에 끼어들었다. 끼어들지 않으려야 않을 수가 없었다. 그 조건이란 게 두 개 층, 그것도 연결되는 층도 아니고 삼층과 지하를 함께 임대하는 조건일 것이라고는 생각조차 하지 못했기 때문이다.

"저는 스터디 카페를 열 거라서 지하는 필요가 없어요."

"아유, 사장님, 끝까지 좀 들어보세요."

사장님이란 단어를 듣자 정신이 더 퍼뜩 들었다. 사람 좋아 보이는 인상과 목소리에 넙죽 넘어가서는 안 될 일이었다.

놀란 것은 임대인도 마찬가지인 모양이었다.

"얘기가 다 된 것 아니었나요? 저는 계약금을 280만 원만 넣으시기에 이야기가 다 끝난 줄 알았어요."

"자세히는 안 하고 대충만 얘기해서 그래요. 여기, 지하실도 낙낙히 30평은 나오는데 지하실까지 임대하면 월 임대료가 230만 원이에요. 삼층하고 지하 합쳐서, 230!"

지하를 임대할 계획은 없어 들어볼 이유도 없다고 생각했는데 막상 제안을 듣고 나니 마음이 흔들렸다. 50만 원만 더 내면 무려 30평의 공간을 더 사용할 수 있었다. 물론 지하에다 층도 멀리 떨어져 있어 관리하기가 쉽지 않을 것 같았지만 무조건 이득이란 생각이 떠나지 않았다. 심지어 아직 지하실을 본 것도 아니었는데 느낌이 좋았다.

임대인은 부동산업자와 달리 꾼이 아니었다. 부자 임대인은 아직 이런 대한의 속마음을 알아채지 못한 듯했다. 꽤나 심각한 표정으로 앉아 있는 대한에게 임대인이 조심스레 말을 건넸다.

"저, 혹시 부담되시는 거면 10만 원 더 빼드릴 테니 총 220만 원에 계약하는 건 어떠세요? 저도 임차인 여러 명 구하는 것보다 한 분이 다 사용해주시는 게 더 좋거든요. 세금계산서 떼드리는 것도 일이고 해서."

이건 나쁘지 않은 정도가 아니라 정말 괜찮은 조건이었다. 포커페이스를 유지하던 대한은 몇 초 후 조심스럽게 고개를 끄덕였다. 신이 난 부동산 대표는 독수리타법으로 열심히 키보드를 두드리기 시작했다. 아직도 자판을 두 검지로 두드리는 사람이 있다니 다소 충격적이긴 했지만 자기 일만 잘한다면 사실 크게 문제되지 않는 사안이었다. 뭐, 그럴 수도 있지.

부동산 계약서에는 민감한 개인정보가 담겨 있었다. 대한은 이렇게까지 오픈해도 되나 싶을 정도의 개인정보들을 임대인과 주고받았다. 이제 사인만 하면 되겠다 싶은 타이밍이었다. 부동산 대표는 부가가치세 이야기를 꺼냈다. 월세를 내는데 부가가치세까지 내야 한다는 말이었다. 주거용 월세를 낼 때는 들어본 적이 없는 단어였기에 대한에게는 생소하기 그지없었다. 계약서의 '부가가치세 포함/제외' 칸을 노려보고 있는 그를 향해 임대인이 입을 열었다.

"저는 부가가치세는 다 미포함으로 계산해요. 이거 어차피 임차인들이 다 돌려받는 돈이잖아요."

"임차인이 다 돌려받는다고요?"

"네, 나중에 다 돌려받아요."

왜 세금을 내고 다시 돌려받는지 이해가 가지 않았지만 국가와 관련된 서류들엔 원래 이해되지 않는 부분이 한 무더기였다. 수십억짜리 건물을 갖고 있는 건물주가 이런 푼돈으로 사기를 치지는 않을 것 같았다. 대한은 고개를 끄덕이고 월세 총액 242만 원(VAT 포함)에 계약을 했다. 한 방울 남아 있던 찝찝함은 본능이었는데, 부가가치세를 모든 임차인이 돌려받는 것은 아니라는 사실을 다음해 1월 부가가치세 신고를 하면서야 알았다.

PART 3 사업자 등록

유일하게 수월했던 과정이었다. 세무서에선 부동산 계약서와 신분증 외 다른 것은 아무것도 요구하지 않았다. 세무서에

도착한 지 1시간도 채 지나지 않아 사업자 등록증이 발급되었다.

이제 대한은 '집중력이 높아지는 스터디 카페'의 대표였다.

PART 4 인테리어

가장 큰 난관은 인테리어 과정에서 맞닥뜨렸다.

대한은 블로그에 후기가 많은 업체, 동네에서 가까운 업체, 숨고 같은 전문가 매칭 사이트에서 입찰 신청서를 보내온 업체에 모두 견적을 물었다. 업자들은 평당 150~250만 원 정도의 인테리어 비용을 요구했다. 물론 책상 등 비품은 빠진 비용이었다. 프랜차이즈 스터디 카페를 차릴 경우 가맹비 포함 1억 5000에서 2억 5000가량이 필요하다는 사실을 생각하면 저렴한 비용이었지만, 현재 대한에게 남아 있는 총알은 겨우 몇천이었다. 사업을 시작하기엔 터무니없이 적은 자본을 갖고 덤벼들었다는 사실을 너무 늦게 깨달아버렸다.

하지만 경영학과 졸업, 대기업 출신 문돌이에게 다른 선택지는 많지 않았다. 대기업을 다닐 때와 비슷한 혹은 더 많은 급여 수준을 유지하려면 결국은 돌고 돌아 창업이었다. 그런데 이놈의 창업도 총알이 없으니 한 걸음 한 걸음이 뻘밭이었다. 인테리어 비용을 아낄 방법을 궁리하든 대출을 더 쥐어짜 보든 해야 했다.

보증금 2800도 2800이지만 부동산 복비에도 200만 원 가까운 비용이 나갔다. 거주용 부동산을 구할 때와는 달라도 너무 다른 시장이었다. 일부 자영업자들이 왜 탈세를 하는지 벌써부터 그 이유를 알 것 같았다. 깊게 심호흡을 한 대한이 은행 앱을 켜고 다시 엑셀을 열었다.

목돈이라고 생각했던 퇴직금 중 현재 남아 있는 돈은 3000이 채 안 되었다. 사회생활을 하며 모아둔 예금과 적금, 적립식 보험, 주식과 차를 모두 처분했을 때 확보할 수 있는 현금을 계산했다. 남은 퇴직금까지 더하면 총 9200만 원 정도를 확보할 수 있을 것 같았다.

총알 분석이 끝난 후엔 꼭 필요하거나 점검해야 하는 공사들을 정리했다.

전기: 전력량 체크 / 조명 삽입

배관(덕트): 환기 / 냉난방 / 조리

화장실: 남녀 화장실 구분

벽 & 천장: 도배 or 페인트 or 목공사

바닥: 타일 or 에폭시

평면도에 따른 가벽 및 룸 설치

카운터 or 키오스크

간식 존 & 음료 준비대 확보

컴퓨터, 프린터 구비 및 인터넷 설치

냉난방기 : 천장 or 스탠딩

공기청정기 & 산소발생기(선택)

스피커

사물함(선택) / 우산 거치대(선택)

책상과 의자(가장 중요!)

내역을 뽑아보니 프랜차이즈나 인테리어 업자들이 왜 그 비용을 부르는지 이해가 갔다. 하지만 보증금을 잔금까지 모두 치른 마당에(멍청한 놈, 왜 부동산부터 계약했는지!) 이제 와서 포기할 수도 없는 노릇이었다. 이왕 시작한 일, 최대한 비용을 줄여보기로 했다.

우선 업체를 끼지 않고도 할 수 있는 공사와 꼭 전문가가 시공해야 하는 공사로 카테고리를 나누었다. 전기와 덕트, 냉난방기 설치, 화장실 분리 공사, 가벽 및 카운터 설치는 전문가의 도움 없이는 불가능한 것들이었다.

가장 먼저 확인한 것은 전기였다. 꽤 오랜 기간 공실이었다는 가게의 기존 계약 전력량은 3킬로와트였다. 여기저기 검색을 하고 발품을 팔아본 결과 3킬로와트로는 스터디 카페의 조명과 냉난방기를 마음놓고 켤 수 없다는 사실을 깨달았다. 한전에 직접 전화를 걸어 적절한 전기량에 대한 조언을 구했다. 정확하진 않아도 간식을 파는 56평 규모의 스터디 카페라면 계약 전력량이 15킬로와트는 되어야 할 것 같다는 추측성 대답이 돌아왔다.

세상에, 계약 전력량이라니. 대한이 인생을 살며 한 번도 고민해본 적 없었던 새로운 주제였다. 무려 21세기 대한민국이었다. 전기는 콘센트에 플러그를 꽂으면 알아서 흐르는 것 아닌가. 한전에 납입해야 할 전기 증설료와 실제 공사를 진행해줄 대행업체에 내는 비용, 공사비를 모두 합치니 130~180만 원 정도가 필요하다는 계산이 나왔다. 130만 원을 부른 업체의 경우 3주 이상을 기다려야 공사가 가능하다고 했고, 180만 원을 부른 업체는 이삼일 안에 날짜를 조율해 바로 공사가 가능하다는 답변을 주었다. 이미 부동산 계약서의 임대 시작일이 지나 월세가 나가고 있었으므로 빠른 판단이 필요했다.

문제는 목공사였다. 목공사는 단열과 방음을 어느 정도로 진행할 것인지에 따라 비용이 달라졌고, 무엇보다 일하시는 분들의 숙련도에 따라 금액 차이가 어마어마했다. 아무리 손가락을 빨아야 하는 상황이더라도 여기에는 돈을 좀 써야겠다는 판단이 들었다. 실력이 없는 초짜에게 작업을 맡기고 계속 수리를 거듭하느니 조금 비용이 들더라도 확실한 전문가에게 시공을 받고 싶었다.

목공사에 대한 정보를 얻기란 상당히 까다로웠다. 무엇보다 몇 평에 얼마라는 표준가가 없었다. 전화나 이메일로 견적을 받아 업체 여덟 곳과 직접 미팅을 했다. 당혹스러웠던 건 가장 고비용을 부른 업체를 제외한 모든 업체들이 처음 제안서에 쓰여 있던 금액의 두 배가 넘는 견적을 말했다는 사실이다. 그들은 오히려 그게 이 업계에선 당연한 일이라는 듯 대한을 얼뜨기 취급했다. 좋은 목수와 좋은 기술자를 만나는 일이 괜찮은 중고차를 합리적인 가격에 사는 것보다 몇 배는 더 어려운 일이었다. 저렴하게 공사했다고 기뻐하다 나중에 바가지 썼다는 사실을 안 사람들이 한 트럭은 되어 보였다. 그 트럭에 함께 올라타고 싶지는 않았다.

아끼고 아껴 총 3000만 원 정도에 천장 조명 인테리어, 벽, 단열, 가벽 설치, 카운터 및 화장실 분리 공사를 하기로 결정했다. 도기를 뜯어내는 공사엔 또 목돈이 들어갈 것이므로 벽을 조금 부수고 칸과 칸 사이에 가벽 공사를 해 남녀 화장실을 분리하기로 타협했다. 방수페인트는 몇만 원밖에 하지 않으니 페인트칠은 기초공사 후 스스로 하기로 마음먹었다. 벌써부터 팔이 아파오는 듯했으나 돈을 아낄 수 있는 일이라 생각하니 없던 힘도 솟아나는 느낌이었다.

여기까지 계획을 짠 후 대한은 전기 시공업체와 목공사를 진행할 업체들에 전화를 돌렸다. 시작이 반이었다. 일단 뭐라도 저질러야 일이 진행될 터였다. 그런데 예상치 못한 문제에 봉착했다. 전기공사와 목공사를 같이 진행하고 깔끔하게 마무리하기 위해서는 덕트 공사와 냉난방기 설치까지 한 번에 끝나야 했는데, 업체들을 직접 섭외하는 바람에 각각의 공사 날짜 역시 대한이 직접 조율해야 하는 상황에 처하게 된 것이다. 급하게 천장형 냉난방기 설치 업체들을 알아보았으나(대당 가격은 약 200만 원, 설치 비용은 호스 길이에 따라 100~200만 원 사이였다) 그 모든 업체를 한꺼번에 부르는 것은 현실적으로 불가능했고, 목공사 기간은 한도 끝도 없이 길어질 게 뻔했으며, 소요 비용은 수백 혹은 수천까지도 불어날 수 있었다. 눈앞이 아찔했다.

아직 바닥 공사는커녕 책상과 의자 비용도 계산하기 전이었다. 남은 퇴직금만으로 공사를 마무리짓는 일은 사실상 불가능했다. 돈, 돈, 돈. 결국엔 그놈의 돈이 문제였다.

갖고 있는 모든 재산을 현금화해야 할 상황이었지만 현재 살고 있는 서울 변두리 18평 주공아파트의 전세금과 이제 막 오 년 할부가 끝난 국산차는 차마 현금화할 수가 없었다. 집과 차는 아무리 생각해봐도 인간다운 삶을 살기 위한 최소한의 필요조건이었다. 결국 차는 팔지 않기로 하고, 적금, 예금, 보험, 주식을 모두 처분해 현금화했다. 그렇게 손에 쥐게 된 현금은 8000만 원이었다. 이젠 정말 막다른 길이었다. 이 돈 안에서 무조건 공사를 해내야 했다.

상황이 이 지경까지 오니 대한은 다시 스터디 카페 전문 인테리어 업체들로 눈을 돌렸다. 하지만 평당 150만 원이 들어갈 경우 추가 비용이 없다 해도 8400만 원이 드니 책상을 살 돈이 남지 않았다. 이쯤 되자 '한실 스터디 카페, 바닥에서 먹을 갈다'라는 콘셉트 스토어를 열까 하는 생각마저 잠시 들었다. 그러던 어느 날 대한에게 전화 한 통이 걸려왔다.

여느 인테리어 업체들처럼 제대로 된 홈페이지 하나 없는 작은 회사였다. 업체는 평당 100만 원, 총액 5600만 원에 모든 인테리어를 해주겠다는 제안서를 내밀었다. 책상 등 비품은 따로 사서 설치해야 하지만 천장부터 바닥, 전기, 냉난방 공사까지 전부 해결해주겠다는 것이었다. 세상에, 그렇게만 비용을 뺄 수 있다면 남은 돈으로 책상과 의자를 사고 음료와 간식을 팔 휴게공간을 만들 수 있었다. 순간 안도의 한숨을 내쉬며 대한은 눈물을 찔끔 흘리고 말았다. 이렇게 고민을 하고, 계획을 세우고, 발품을 파는 하루하루 역시 월세가 나가고 있는 마음 다급한 날들이었던 것이다.

업체와 계약서에 사인한 날 느낀 안도감은 한 방에 대학에 합격했을 때보다, 몇 번의 이직 끝에 대기업 취직에 성공했을 때보다, 주어진 기한 내에 전세자금대출을 받아냈을 때보다 몇 배는 더 컸다. 최선을 다해 하루하루 노력하다보면 죽으라는 법은 없었다.

그때까지만 해도 정말 그런 줄 알았다.

대한이 회사생활을 십 년 넘게 하며 배운 사실 중 하나는 협력 업체를 전적으로 믿거나 의지하면 안 된다는 것이다. 항상 중간중간 확인을 하고, 상대보다 전문가가 되어야 했으며, 이왕이면 주도권(그것이 돈줄이면 제일 좋다)을 빼앗기지 말아야 했다.

급한 상황에 눈이 멀어 인테리어 업체를 완전히 믿고 싶어 했던 것이 실수였다. 약속했던 3주가 지났지만 스터디 카페의 내부는 여전히 뼈대만 앙상했다.

대한이 공사의 관리 감독에 소홀했던 데엔 변명일 뿐일지라도 나름의 이유가 있었다. 시간이 곧 돈이었기에 공사가 진행되는 동안 책걸상을 저렴하게 살 수 있는 매장이나 중고로 살 수 있는 업체들에 직접 발품을 팔았던 것이다. 비품의 매입가를 조정하고, 간판업자(처음 비용을 산정할 때 간판 비용을 누락시켰다. 이대한 이 멍청한 놈. LED 간판은 하나에 200만 원이 훌쩍 넘는다는 사실 역시 새롭게 알게 되었다. 사다리차를 부를 경우 300~400, 디자인에 따라 많으면 500만 원도 넘는 비용이 추가로 들었다)들과 미팅을 했으며, 홈페이지를 만들고, 이벤트를 기획하고, 아르바이트생을 고용한다면 어느 정도의 비용이 필요할지 시뮬레이션을 돌렸다. 놀고 있었던 것이 아니었다. 공사 감독만큼이나 중요한 일들을 하고 있었다. 뒤늦게 공사 감독이 제일 중요한 일이었다는 사실을 깨달았지만.

대한은 영업 준비중인 일층 삼겹살집 앞에 서서 인테리어 업체 대표에게 전화를 걸었다. 약속을 어긴 사람의 목소리치고는 상당히 여유로웠다. 대한도 사람인지라 좋은 소리가 나오지 않았다.

"지금 뭐하자는 겁니까? 한 달이 다 되어가는데 이게 뭐예요? 계약서랑 말이 달라도 너무 다르잖아요!"

"평당 100만 원짜리로 계약하셨잖아요."

"그럼 그 수준에 맞게 시공하고, 어찌됐든 공사를 끝내셨어야죠."

"목공사, 전기공사, 덕트 공사, 천장 페인트, 바닥 에폭시, 냉난방기 설치까지 하는데 그 비용으로는 하루에 인부 세 명씩 못 돌려요. 미팅 때 보니 여기저기 많이 알아보셨던 것 같은데, 그럼 업계 상황 뻔히 아시겠구먼. 우리도 최선을 다했어요. 두 명이 하루 8시간씩 죽어라 작업한 결과라고요, 지금이."

계약서를 우습게 생각하는 사람, 고소를 당해도 아무렇지 않은 사람, 심지어는 이름에 빨간줄이 가도 괜찮은 사람들과는 아무리 길게 이야기해도 대화가 통하지 않았다. 중요한 건 원하는 결과를 최대한 빠르게 얻어내는 것이었다.

"그럼 공사 마무리는 언제 됩니까?"

"뼈대 공사가 얼추 끝나가니 이제 2주 정도면 마무리가 될 겁니다."

오픈이 늦어진 만큼 손해배상을 청구해야겠다는 생각을 하고 있는데 업자의 입에서 생각지도 못한 말이 튀어나왔다. 추가 비용을 내야 한다는 소리였다.

"그런데 기간 오버되는 만큼 추가 비용이 들어가요. 인건비하고 추가 자재비 해서 1200만 원은 더 들어가겠는데요?"

"뭐라고요?"

뚜껑이 열렸다. 결국 대한의 입에서 쌍시옷이 튀어나왔다. 인테리어 선지급은 50퍼센트가 마지노선이라고 들었지만 자재를 구입해야 한다고 해서 5600만 원 중 3700만 원을 미리 입금한 상황이었다. 손이 떨려왔다.

"이건 공사가 늦어진 만큼 그쪽에서 보상해줘야 하는 거 아닙니까? 그런데 추가 비용이라고요?"

"계약서 잘 읽어보시면 천재지변이 발생할 경우 공사가 조금 늦어질 수 있다고 되어 있어요. 그럴 경우 우리는 법적 책임이 전혀 없다고도 적혀 있고."

이 상황이 통상적으로 천재지변에 해당하는지 감이 잡히지 않았다. 아무리 봐도 호구를 잡히고 있는 것 같았다.

"아니면 여기서 접으시던가. 에휴, 우리도 손해인데 뭐 어쩔 수 없죠. 더 진행 안 할 거면 지금 말해요. 우리도 많이 봐드렸는데, 더 손해볼 수는 없지."

졌다. 지고 말았다.

회사 밖 정글에서 벌어진 첫 전투였다. 상대는 대한의 약점이 무엇인지 정확히 알고 있었다. 그는 대한이 돈에 벌벌 떤다는 사실을 알고 있었고, 지금 그들이 발을 뺄 경우 대한에게 대안이 없다는 사실도 알고 있었다. 아무리 머리를 쥐어짜봐도 새 업체를 선정하는 쪽이 금전적으로 더 손해였다. 그럴 경우엔 1200만 원으로는 일이 해결되지 않을 것이었다.

부동산 공인중개사처럼 인테리어 업자 역시 선수고 프로였다. 대한은 지금 1200만 원에 더해 월세 및 관리비, 오픈할 경우 얻을 수 있었을 수익까지 톡톡히 쳐서 비싼 수업료를 지불하고 있는 셈이었다.

결국 대한은 제안을 받아들였다. 대신 매일 공사 현장에 출근도장을 찍었다. 목수와 시다에게는 공사가 끝나는 날까지 점심을 대접했다. 목수의 아들이 고등학생이라기에 좋은 대학에 들어갈 수 있는 시답잖은 비법도 전수했다. 시다에게는 목수가 자리에 없을 때 대기업에 경력직 상시채용으로 들어갈 수 있는 통로까지 알려주었다. 2주가 더 걸린다던 공사는 닷새 만에 끝이 났다. 비용은 물론 1200만 원을 추가해 모두 지불했다.

그래도 회사에 다니며 배운 것을 써먹을 데가 있어 다행이었다. 잡다한 문제가 생겼을 때는 현장을 우선시할 것. 이십대가 아닌 삼십대에 창업해 정말 다행이라고 생각하며 대한이 롤러를 들었다. 화장실 벽에 방수페인트를 칠하는 일이 남아 있었다.

생각보다 몸 쓰는 일이 적성에 맞는 것 같다는 생각이 들 때쯤, 인테리어가 대략 마무리되었다.

PART 5 대출

대출 없이 매장을 오픈하고 싶었다. 퇴직금과 저축액만으로 창업이 가능할 줄 알았다. 그래도 대기업을 팔 년이나 다녔으니까. 정말 그럴 수 있을 줄 알았다.

보증금 2800만 원과 복비 190만 원을 내자 퇴직금 중 남은 돈은 겨우 2000만 원 정도였다. 집과 차를 제외한 모든 자산을 처분하자 다시 8000만 원 정도 되는 총알이 생겼지만 전기 증설 공사와 인테리어, 간판 작업을 끝내고 나니 수중에 남은 돈은 1000만 원이 채 되지 않았다. 이 돈으로는 그가 원하는 책상과 의자, 사물함, 커피머신, 오픈 냉장고를 살 수 없었다(공기청정기는 공기청정 기능이 있는 천장형 냉난방기를 다는 것으로 타협했고, 산소발생기는…… 일단 미루기로 했다).

시간은 돈과 함께 흐르는데 아무리 머리를 굴려보아도 길은 하나였다.

대출.

52

학자금 대출도 싫어 대학에 다니는 사 년 내내 아르바이트를 했던 그였다.

학창시절, 여느 집들처럼 대한의 집 역시 IMF의 직격탄을 맞았다. 아버지의 직장은 하루아침에 문을 닫았고, 돈 복사하는 장이라던 주식시장에선 상장폐지라는 낯선 단어를 맞닥뜨렸다.

아버지는 일용직 노동자가 되어 전국을 떠도셨다. 어머니는 찜질방에서 숙박을 해결하며 빚을 갚으셨다(어쩌다 빚이 생겼는지는 아직도 모른다). 외동인 대한은 작은이모네 집에 세 달을 얹혀살았는데, 1998년에 접어들며 이모 집 상황도 급속도로 악화되어 결국 어머니와 함께 반지하 단칸방에 월세를 얻어 생활했다. 다행히 급한 채무는 몇 달 지나지 않아 모두 상환해 빚쟁이들의 빚 독촉에서 해방될 수 있었다. 그후에는 다시 여기저기 돈을 꿔 경기도 외곽에 작은 집 하나를 마련했다. 집 앞에 버스 정거장은 없었지만 자전거로 15분이면 지하철 역까지 갈 수 있는 그들만의 새로운 보금자리였다.

방 두 개짜리 집이 마련되자 아버지는 다시 집으로 돌아오셨다. 무려 사 년 만의 만남이었다. 아직 십대 청소년이었던 대한은 아버지에게 반가움이 아닌 낯선 감정을 느꼈다. 그때 떨어져 지낸 시간 때문인지 대한은 여전히 아버지가 조금 불편하다.

  그때부터 대한이 취업을 할 때까지 부모님은 빚을 갚았다. 채무상환이 가훈인 것처럼 빚 갚는 데만 온 식구가 혼신의 힘을 기울였다. 휴가를 가도 무조건 최저가, 외식을 해도 무조건 가성비, 가방이나 신발은 해지거나 떨어져야 새로 사는 것이었다. 이모네 집에 얹혀살았던 기억 때문인지 이러한 가풍을 징글징글하다고 느끼진 않았다. 단지 머리가 자라고 인간관계가 넓어지며 대학엔 잘사는 친구들이 이렇게나 많은데, 회사엔 강남에 집이 없다는 이유만으로 우울해하는 사람들이 이토록이나 많은데 왜 자신의 처지는 딴판인지 조금 답답했다. 어릴 적엔 자신의 청소년기가 불행하다고 생각했지만 나이가 드니 부모님의 젊은 시절이 안쓰러웠다. 다들 그렇게 살았다고 하지만 조금만 둘러봐도 우리나라엔 잘사는 집이 너무 많았다. 다른 사람들은 어떨지 몰라도 대한의 시선엔 그런 대한민국이고, 서울이었다.

  대한이 서울에 위치한 18평 주공아파트를 전세로 계약했던 날, 부모님은 기쁨을 감추지 못했다. 어머니는 결국 자리에 주저앉아 눈물을 터뜨리셨고, 아버지는 우리 집안의 경사라며 한우를 1킬로그램이나 사 오셨다. 생각해보면 IMF가 터진 이후 가족들과 처음으로 먹어보는 한우였다. 대기업인 회사의 보증으로 초저금리 전세자금대출을 받았다는 사실은 차마 말씀드리지 못했다. 빚을 떠올리게 하는 말로 가족의 트라우마를 건드리고 싶지 않아서였다.

그만큼 대한에게 '대출'이라는 단어는 무거웠다. 그런 그가 다시 은행 문 앞에서 채무의 굴레에 발을 들이려 하고 있었다.

◇◇◇◇

은행에 발을 들일 수 있으면 그나마 다행이라는 사실을 깨닫기까지는 그다지 오랜 시간이 걸리지 않았다. 전세자금대출은 1금융권에서 가능했지만 전세를 갖고 있어 받을 수 있는 주택담보대출은 1금융권엔 존재하지 않았다. 집주인의 동의가 있어도 3금융권까지는 가야 가능했다. 신용대출도 마찬가지였다. 새삼스럽게도 그는 실업자였다. 신용 점수가 900점대 중후반이었지만 실질적인 도움은 되지 않았다. 대출 가능 여부나 대출 금액 결정은 은행 내부의 자체적인 시스템을 통해 이루어진다는 설명이었다.

이제 막 사업을 시작하려는 대한의 신용과 가능성을 은행에 증명할 수 있는 길은 어디에도 없었다. 최대 800만 원까지 신용대출이 가능하다는 은행원을 뒤로하고 대한은 거리로 나섰다. 고작 800만 원으로는 일을 마무리지을 수가 없었다. 주거래은행이 이 모양인데 다른 은행은 찾아가봤자일 것이 뻔해 들어가보지도 않았다. 정신 건강을 생각하면 그 편이 나을 것 같았다.

사실상 대출을 거절당했던 날 저녁 9시, 모르는 번호로 전화가 걸려왔다. 은행이었다.

"네."

"고객님, 혹시 신용보증재단은 찾아가보셨을까 해서요."

"신용보증재단이요?"

"네, 신용보증재단에서 최대 3000만 원까지 대출이 가능해서요. 지역 신용보증재단에서 신용등급에 따라 대출보증을 해드리는데 고객님 신용 점수면 아마 최대 금액인 3000만 원 전액 대출이 가능할 거예요. 대신 연간 재단 보증금액이 정해져 있어서 남아 있는 금액이 없을 수도 있어요. 그래도 혹시 모르니 문의 한번 해보시면 좋을 것 같아서 연락드렸어요."

은행원 급여가 괜히 높은 것이 아니었다. 권한이 많지 않을 뿐 사실 나쁜 사람들도 아니었다. 대한은 늦은 시간까지 퇴근하지 못하고 전화를 준 은행원의 무궁한 발전과 쾌속 승진을 기원했다. 물론 무한한 축복의 말을 입 밖으로 내진 않았다.

역시 최선을 다하다보면 길은 생기는 법이었다. 그래, 어디에도 죽으라는 법은 없다.

　대출은 생각보다 금방 처리되었다. 신용보증재단에서 보증서를 받아 은행에 찾아가면 끝이었다. 주민등록초본, 가족관계증명서 등 온갖 서류들을 떼어가야 해서 예상보다는 오래 걸렸지만, 어찌되었든 하루 안에 대출이 나왔으니 미션 클리어였다. 대출 도중 직원이 건넨 연회비 2만 원짜리 카드를 만들어야 했지만 3000만 원을 빌리는데 그깟 2만 원! 카드 두 개도 만들 수 있지, 하는 생각이 들었다. 사업을 하면 돈의 가치가 다르게 느껴진다는 말이 이런 것이구나 새삼 와닿았다. 그래, 나는 사업가다. 이 스터디 카페를 무조건 성공시켜야 할 사장이다.

　그날 저녁, 선이자를 뗀 2923만 원이 대한의 통장으로 입금되었다. 선이자가 뭐 이렇게 세, 라는 생각은 전혀 들지 않았다. 그저 감사할 따름이었다.

어느덧 부동산과 계약을 한 지 한 달하고도 일주일이 지나 있었다. 커다란 오픈 현수막을 제작하고, 전단지도 이천 장 찍었다. 간식을 주문하고, 일회용 컵과 접시를 주문했다. 정수기가 빠진 것을 뒤늦게 발견하고는 부랴부랴 정수기도 구매했다. 수도와 관을 연결해야 한다는 말을 듣고 정수기를 카운터 옆에 설치할까도 생각했지만, 그래도 고객들의 편의가 최우선이라는 생각에 휴게존에 설치하기로 결정했다.

이제 정말 모든 준비가 완벽하게 끝났다. 내일부터 그는 '집중력이 높아지는 스터디 카페'의 사장님이었다.

마무리 점검을 하고 집으로 들어가려던 무렵, 반가운 얼굴이 가게 문을 두드렸다. 인테리어 공사를 해주었던 목수와 시다였다.

"사장님 개업 선물로 뭘 할까 하다가 우리 회사에 중고 키오스크 남는 게 많이 있어서 하나 갖고 왔어. 중고 자판기도 몇 개 있는데 사장이 그것까진 절대 안 된다네. 요것만 얼른 설치해주고 갈게요. 그때 이미 선은 다 뽑아놨었거든. 여기 인터넷은 설치했죠?"

순간 대한은 가슴이 지르르 울리며 무언가 울컥하는 것이 밀려올라오는 것을 느꼈다. 아직은 더불어 사는 세상이었다. 나중에 이 이야기를 들은 친구 중 한 놈이 "야, 너 그거 추가 비용 1200만 원 내고 산 거야, 인마. 일 빨리 끝나서 민망해서 갖다준 거라니까?"라며 산통을 깼지만 그렇게 생각하지 않기로 했다.

서로 돕고 사는 세상이었다. 아직은 인간성이 소멸되지 않은 사회를 살아가고 있었다.

2주, 2주, 2주,
그놈의 2주!

코로나 시대에 창업을 한 것은 대한의 잘못이었다. 하지만 코로나 시대에 회사에서 잘린 것은 그의 탓이 아니었다.

2020년 여름, 8·15 광화문 집회 이후 확진자가 폭증했다. 2차 대유행이었다. 물론 그 원인이 오롯이 집회 참석자들에게만 있다고는 생각지 않았다. 하지만 모두가 함께 인내하던 시절이었다. 누군가의 이기심으로 모두의 노력이 물거품이 되어 버린다면, 더군다나 그 행동이 건강, 나아가 목숨과 직결될 수 있는 것이라면 비난은 물론 법적 처벌도 받아야 한다고 생각했다.

그 영향인지 서울에서 영업중인 스터디 카페에는 8월 31일부터 9월 6일까지 집합금지 명령이 떨어졌다. 애초에 마스크를 쓰고 공부하는 공간이었지만 코로나의 빠른 종식을 위해서라면 대한은 어떤 식으로든 방역에 협조할 생각이었다. 무려 '서울시 천만 시민 멈춤 기간'이었다. 그때는 아직 부동산 계약서에 사인을 하기 전이었지만, 어찌되었든 방역에 관한 대한의 생각은 굳건했다.

확진자가 줄지 않자 9월 6일까지라던 집합금지 명령은 9월 13일까지 연장되었다. 스터디 카페 공사를 시작해야 했지만 집합금지 기간에 부동산 계약을 맺고 싶지는 않았다. 임대인과 조율해 계약 날짜를 9월 14일로 맞추고 공사 업체들을 알아보았다. 오픈 준비에 본격적인 시동이 걸렸던 날들이었다.

인내는 쓰고, 열매는 달았다. 달다고까지 할 만한 상황인지는 모르겠지만 어쨌든 2.5단계이던 방역 조치가 9월 14일부터 2단계로 하향 조정되었다. 집합금지 대상이던 스터디 카페는 2단계로 내려가며 4제곱미터당 한 명의 인원 규제를 받는 장소로 바뀌었다.

2단계는 9월 27일까지 2주 연장되었는데, 9월 28일부터 10월 11일까지는 연휴가 많아 특별방역기간이라며 2주가 또 연장되었다.

10월 12일, 드디어 1단계의 날이 도래했다. 생각보다 공사가 오래 걸려 오픈 날짜를 이날에 맞출 수는 없었지만 이때까지만 해도 미래는 꽤나 희망적이었다. 정부는 11월 7일부터 방역단계를 낮추고 외식 쿠폰과 숙박 쿠폰을 배부할 예정이라고 공포했다. 조금만 더 참으면 모든 자영업자들이 다시 정상적으로 영업을 할 수 있을 것처럼 달콤한 말들이 들려왔다. 일 년 가까이 이어져온 지긋지긋한 코로나의 악몽에서 깨어날 때였다. 그때는 정말 그럴 줄 알았다.

10월 말, 대한은 정식으로 스터디 카페의 문을 열었다.

'집중력이 높아지는 스터디 카페.'

이름만 들어도 가슴이 웅장해지지 않는가. 이제 남은 일은 단 하나, 동네 학생들을 끌어모아 떼돈을 버는 것뿐이었다. 돈 걱정, 대출 걱정 없이 남은 삶을 살고 싶었다.

사업의 시작이었다.

◇◇◇◇

2020년 11월 7일, 새로운 방역체계가 시작되었다. 1-1.5-2-2.5-3 단계로 나뉘었는데(이럴 거면 간단히 1-2-3-4-5 단계라고 하지 왜 소수점을 붙이는지 잘 이해가 가지 않았다), 스터디 카페는 2.5단계와 3단계일 때에만 영향을 받는 업종이었다. 2.5단계면 오후 9시부터 오전 5시까지는 영업할 수 없고 3단계면 전면 영업 중단이었다. 1.5단계부터 2.5단계까지는 한 칸 띄어 앉아야 하는 인원 제한이 적용되었는데, 칸막이가 있는 경우엔 띄어 앉지 않아도 괜찮았다. 대한의 스터디 카페는 모든 좌석에 칸막이가 설치되어 있어서 스터디룸만 정원의 50퍼센트를 유지하면 별문제 없을 것 같았다.

방역 전문가들과 경제 전문가들이 설전을 벌이며 방역 줄다리기를 하는 동안 대한의 첫 사업체 '집중력이 높아지는 스터디 카페'는 소위 대박이 났다. 코로나가 터지기 전이었다면 중박이라고 했겠지만 하루가 멀다 하고 폐업하는 가게들이 속출하는 상황에서는 이 정도면 대박을 넘어 초대박인 것이 분명했다.

오픈한 지 3주 만에 4주짜리 기간권 스물여덟 개가 팔렸다. 오픈 기념 초특가로 16만 원짜리를 11만 원에 팔긴 했지만 새롭게 오픈한 스터디 카페를 알리고 신규 고객들을 모집하기 위해 가격 인하는 피할 수 없는 운명이었다. 기간권 매출만 300만 원이 넘었다. 이것만으로도 벌써 월세와 관리비, 전기요금이 해결되었다.

더이상 빚을 내지 않아도 된다.

그것이 핵심이었다. 이제부터 들어오는 돈은 전부 그의 수익이었다.

계산기를 두드렸다. 하루 평균 수익은 60만 원 정도였다.

60만 원 × 30일 = 1800만 원

1800만 원 + 기간권 300만 원 = 2100만 원

지금 상태를 유지할 수만 있다면 한 달 매출은 무려 2000만 원이 넘어갔다. 세상에, 한 달에 2000만 원이라니…… 이래서 사람들이 사업을 하는구나, 퇴사하지 않았으면 평생 몰랐을 뻔했네, 하는 생각에 소름이 돋았다. 역시 돈을 벌려면 회사에 다닐 게 아니라 다른 데로 눈을 돌려야 했다.

월급의 몇 퍼센트를 저축하라는 둥 주식에 투자를 하라는 둥 훈수를 두던 경제 전문가들이 모두 같잖게 느껴졌다. 그러다 다시 생각해보니 무서웠다. 월급 저축을 강요하는 그들 역시 1인 사업자이자 프리랜서 자영업자들이었다. 그들에게는 강연을 들어주고 몸값을 올려줄 노예들이 필요했을 뿐인지도 몰랐다.

11월 17일, 수도권의 거리두기 단계가 1.5단계로 상향되었다. 확진자 수가 슬금슬금 늘고 있었다.

정부의 거리두기 단계 발표는 매출에 직접적인 영향을 미쳤다. 거짓말처럼 하루 매출이 반토막 났다. 절반이나마 매출이

유지된 건 고3 덕분이었다. 그동안 이 동네에 스터디 카페가 없어서 먼 동네까지 가야 했던 수험생들이 기본 매출을 만들어주었다. 수능이 12월로 미뤄진 영향이 컸다.

수능 이후엔 어떻게 학생들을 끌어모아야 할지 대한은 고민에 휩싸였다. 이 모든 것이 스터디 카페를 오픈한 지 한 달도 지나지 않아 발생한 일이었다.

정부는 외식 쿠폰과 숙박 쿠폰 발행을 중단했다. 그사이 빛의 속도로 12월이 찾아왔고, 확진자 수는 (체감상) 빛보다도 빠른 속도로 늘어나기 시작했다. 결국 서울시는 12월 5일부터 2주 동안 자체적으로 2.5단계를 시행하겠다고 선언했다. 그리고 바로 다음날인 12월 6일, 정부는 12월 28일까지 3주 동안 수도권 거리두기 방침을 2.5단계로 시행한다는 발표를 했다. 단 하루 만에 영업제한 기간을 늘려버린 주체는 누구도 아닌 방역 당국이었다. 대한이 처음으로 강제 영업금지를 맛보게 된 시점이다. 오후 9시부터 다음날 오전 5시까지는 어쩔 수 없이 스터디 카페의 문을 닫아야 했다.

방역에 협조해야 한다는 생각과 이번달 매출을 만들어내야 한다는 생각이 대한의 머릿속 양끝에서 줄다리기를 펼쳤다. 밤 늦도록 잠이 오지 않았다. 그는 막대한 손해를 입는데 사람들은 현 시국에선 당연한 것이라 윽박질렀다. 자기들은 따박따박 월급을 받으면서 왜 자신에게만 손해를 감수하라고 하는지 혼란스러웠다.

그나마 다행인 점이 있다면 매출 발생 시간대나 고객의 연령층 파악이 충분히 이뤄질 때까지 알바를 고용하지 않고 미룬 것이었는데, 그 기간이 이렇게까지 길어지리라고는 차마 상상조차 하지 못했다.

12월 7일 월요일이 되었다. 중고등학생들이 2학기 기말고사를 목전에 둔 시점으로 좌석은 만석이어야 했지만 스터디 카페는 잠잠했다. 혹여 새벽부터 찾아온 학생이 있을까 싶어 아침 6시에 출근한 대한은 스스로가 바보처럼 느껴졌다.

정오 무렵이 다 되어서야 첫 손님이 들어왔다. 학생이 아닌, 기가 세 보이는 중년 여성이었다. 여자는 들어오자마자 대뜸 스터디룸이 이용 가능한지 물었다.

"여기 스터디룸 하나당 몇 명까지 들어갈 수 있어요?"

"원래 정원은 네 명인데 정부 규제 때문에 지금은 두 명까지만 들어갈 수 있습니다."

"네 명이 다 들어갈 수는 없나요?"

그때까지는 딱히 겪어보지 못했던 첫 진상 손님이었다. 고객이야 걸려도 방역수칙 위반으로 벌금 10만 원만 내면 그만이지만 대한은 벌금 수백만 원을 물고 몇 주 동안 가게 문도

닫아야 할지 몰랐다. 고작 몇만 원에 그런 위험을 감수할 수는 없었다.

하지만 여자는 포기하지 않았다.

"우리끼리만 알면 되는 일이잖아요. 아무도 신고 안 할 테니 걱정하지 않으셔도 돼요."

"고객님 일행이 신고를 안 해도 다른 이용자가 신고하면 그만이에요. 게다가 언제 단속 나올지도 모르고요."

"저도 급해서 그래요. 제가 학원을 하나 하고 있는데 정부에서 강제로 28일까지 문을 닫게 하는 바람에 지금 난리가 났어요. 다른 건 몰라도 기말 대비 파이널 정리랑 직전 수업은 해줘야 애들이 안 그만둬요. 줌으로 하는 강의가 얼마나 비효율적인지는 알고 계시죠?"

학원도 스터디 카페와 마찬가지로 3단계에 들어서면 문을 닫아야 하는 업종이었다. 하지만 정부는 이번엔 상황이 상황인 만큼 2.5단계에도 학원을 집합금지 업종에 포함시키겠다고 공포했다. 예상하지 못한 일이었다. 언제 또 말을 바꿔 스터디 카페까지 영업금지 업종에 포함시킬지 모르는 일이라 생각하니 여자의 입장에 깊이 공감이 갔다.

그렇다고 대한이 위험을 무릅써줄 수는 없는 노릇이었다. 여자는 자신의 제안을 완강히 거부하는 대한에게 꽤 솔깃한 제안을 했다.

"3주만, 아니 딱 2주만 의자 네 개 더 넣어놓고 8인실이라고 붙여놔요. 아무도 뭐라고 안 할 거예요. 단속 근거도 없고요."

"공간이 좁아서 의자가 네 개까지 더 안 들어갑니다."

"그럼 제가 접히는 의자 여덟 개 사서 여기 기증할게요. 그건 어때요? 학원은 스터디 카페처럼 아이들이 며칠이나 몇 주마다 들어왔다 나갔다 하는 곳이 아니라서 그래요. 한번 놓치면 다시는 안 돌아오거나 적어도 몇 달은 기다려야 다시 등록하거든요. 지금 애들 놓치면 겨울방학 매출 다 떨어질 거고, 그럼 우리 선생님들 전부 실업자 신세예요. 이렇게 부탁드릴게요. 여기 스터디룸 두 개 다 우리한테 빌려주세요."

기가 센 인상이라고 생각했는데, 다시 보니 안쓰러운 얼굴이었다. 대한이 스터디 카페 내부로 눈을 돌렸다. 텅 비어 있는 좌석들 위로 오늘자 마이너스 금액이 CG처럼 떠올랐다.

대한은 생각을 바꿔보기로 했다. 사실 조금만 관점을 바꾸면 새 의자 여덟 개가 생기는 일이었다. 책상만 없으면 여덟 명이 충분히 들어갈 수 있는 공간이기도 했다. 네 명이 동시에 이용하면 1시간에 8000원, 4시간씩만 이용해도 하루 3만 2000원, 그렇게 2주면 44만 8000원의 매출이 발생했다. 룸 두 개를 모두 이용하면 89만 6000원이었다. 기가 막힌 자기합리화 끝에 대한은 오래지 않아 원장에게 설득되었다.

"그럼 의자는 수업 들어가기 전에 세팅할 수 있도록 미리 가져다주세요. 비용은……"

"저희가 2주 동안 룸 두 개 자유롭게 이용하고 130만 원, 어떠세요?"

"사용하실 때 마스크는 꼭 착용해주셔야 하고요. 오픈 이벤트로 아메리카노나 아이스티 중 한 잔 서비스로 드리고 있으니까 아이들에게 텀블러 있으면 가져오라고 전해주세요."

지금 막 지어낸 오픈 이벤트였다. 이 정도 큰손을 위해서라면 그깟 커피 몇 잔, 하나도 아깝지 않았다. 원장은 그 자리에서 통 크게 일시불로 결제를 했고, 대한은 건물 일층 문 앞까지 그를 배웅했다. 역시 단체손님이 최고였다. 왜 단체손님 테이블에 서비스 안주가 많이 나오는지 단박에 이해가 되었다.

엘리베이터로 돌아가려던 대한의 눈앞에 몇 주째 단체손님 구경이 힘들다는 일층 삼겹살집 사장님이 나타났다. 사장님은 평소보다 훨씬 더 이른 시각에 출근해 장사 준비를 하고 있었다.

"사장님, 오늘은 일찍 나오셨네요."

"점심 장사 시작하려고요. 안 그러면 나는 이번달 완전 빵꾸야, 빵꾸. 생활비만 빵꾸가 아니라 월세부터 공과금까지 전부

다 마이너스!"

◇◇◇◇

2020년 12월 16일, 역대 최다인 하루 1078명의 확진자가 발생했다. 정부는 당연하다는 듯 거리두기 3단계를 검토하고 있다는 브리핑을 했다. 3단계로 격상할 만큼 확진자가 많음에도 얼른 결단을 내리지 못하는 이유는 벼랑 끝에 내몰린 자영업자들 때문이라는 말도 빼놓지 않았다. 정부를 향하던 비난의 화살이 일제히 자영업자 쪽으로 방향을 틀었다. 장사를 위해 문을 열어놓는 것 그 자체로 모든 자영업자는 죄인이었다.

아래층 이자카야는 어느 날인가부터 문을 열지 않았다.

◇◇◇◇

2020년 12월 21일, 수도권에 5인 이상 집합금지가 발표되었다. 스터디 카페는 몰라도 일층 삼겹살집과 횟집, 이층 이자카야엔 손님이 넘쳐나다못해 대기가 걸려야 하는 연말이었다. 대목 중 대목이었지만 대한과 같은 건물에 입주해 있는 사장님들은 멍하니 홀에 앉아 TV만 봤다(이자카야 사장님은 얼굴도

볼 수가 없었다). 가끔씩 가족 단위 손님이 가게를 찾을 때면 서둘러 음식을 준비했지만 그뿐이었다. 곧 다시 원치 않는 휴식 시간이 찾아왔다. 대한이 처음 스터디 카페를 오픈했을 땐 여럿 보였던 아르바이트생들도 이젠 아무도 보이지 않았다. 적막에 휩싸인 서울이었다. 그리고 그들은 죄인이 된 자영업자들이었다.

12월 27일, 정부는 2.5단계를 신년 1월 3일까지 1주 연장하겠다는 발표를 했다.

◇◇◇◇

2021년 새해가 밝았다. 방역 당국은 1월 2일, 수도권 2.5단계 조치를 2주 더 연장한다고 발표했다.

12월 매출은 1018만 2000원이었다. 회사에 다닐 때보단 월수입이 높았지만 오픈에 들인 돈을 생각하지 않을 수 없었다. 투자 비용 회수까지 생각하면 아직 갈 길이 구만리였다.

게다가 생전 처음 일주일 넘게 지속되는 불면증도 여간 힘든 게 아니었다. 새벽 3시나 4시는 되어야 겨우 잠을 잘 수 있었는데, 잠이 부족해 머리가 깨질 듯 아픈데도 동이 틀 때쯤 거짓말처럼 눈이 떠졌다. 아직 새벽잠이 없어질 나이는 아닌 것 같은데 몸이 그랬다. 덕분에 두통이 가시지 않았다.

기말고사가 끝나고 방학을 맞이해서인지 학생들은 더이상 스터디 카페를 찾지 않았다. 대한이 하소연을 하자 친구는 "이 동네 애들 원래 공부 더럽게 못하잖아"라는 지역 차별성 발언을 서슴없이 뇌까렸다. "우리도 이 동네에서 자랐어, 인마"라고 타박하자 "그래서 우리가 여기에서 꽤 괜찮을 수 있었던 거야"라는 오만한 답변이 돌아왔다. 친구는 자신을 비추는 거울이라는데 나도 이 정도 수준밖에 안 되는 사람인 걸까 하는 생각에 자괴감이 물밀듯 밀려들어왔다. 예전엔 아무렇지 않게 했던 말들이 자꾸만 비수가 되어 가슴에 꽂혔다.

시간이 흐르면서 중고등학생이 줄어든 자리를 성인 수험생들이 조금씩 메워주었다. 알고 보니 공무원 시험, 회계사 시험, 공인중개사 시험 등 국가고시를 준비하는 성인들이 스터디 카페를 찾는 큰손이었다. 성인들은 서로 속닥이지도 않았고, 지우개 가루도 배출하지 않았으며, 무엇보다 당일권이 아닌 기간권을 결제했다. 가격을 올리면 매출이 떨어질 것 같아 기간권은 아직도 오픈 특가인 11만 원을 유지하고 있었다. 4주권 가격을 16만 원으로 올리고 싶었지만 매출이 조금이라도 회복된 후에, 그때 하기로 했다.

1월 16일, 정부는 1월 31일까지 2.5단계를 2주 더 연장한다고 발표했다. 지금 확산세를 잡지 못하면 정말 큰일이 날 수 있다는 경고도 함께였다.

미국이나 영국에선 일반인들에게도 백신 접종이 본격화되었다. 우리나라는 코로나 감염 고위험집단인 요양시설이나 의료시설 종사자조차도 아직 백신을 맞지 못한 상황이었다.

대한이 일층 삼겹살집에서 점심을 먹던 어느 날이었다. 메뉴는 점심특선으로만 판매하는 삼겹김치찌개였다. 사장님과 함께 뉴스를 보고 있는데 사장님이 무심한 목소리로 한 마디를 툭 내뱉었다.

"백신을 맞으면 이놈의 집합금지도 좀 풀릴까?"

"아무래도 그렇겠죠. 경제 살리겠다고 미국하고 유럽이 지금 저러고 있는 거잖아요."

"우리는 11월은 되어야 다 맞는다는데."

"11월이요?"

순간 대한의 입안에 있던 밥풀이 다 튀어나왔다. 사장님의 얼굴엔 이미 표정이 없었다.

"어떡해. 백신을 못 구했다는걸. 그마저도 계획대로 일이 풀렸을 때 말이지."

11월이면 늦어도 너무 늦었다. 백만 분의 일의 확률로 거리두기가 11월 전에 풀리지 않는다면 상황이 정말 어려워질 것이었다. 무슨 수를 써서든 이놈의 코로나가 빨리 사그라들어야 했다.

◇◇◇◇

1월의 마지막 날, 정부는 사회적 거리두기 2.5단계를 2월 14일까지 2주 더 연장하기로 했다고 발표했다. 설에 사람들이 이동하면 확진자가 늘 가능성이 높기 때문에 예방 차원의 결단이라고 했다. 무엇보다 사람 목숨이 소중하다는 것에도, 코로나바이러스 확산세를 빨리 잡아야 한다는 말에도 동의했다. 단지 왜 모든 경제적 방역 책임을 소상공인과 자영업자가 져야 하는지 알 수 없었다.

방역수칙을 어긴 손님은 벌금으로 10만 원을 내지만 그 손님을 걸러내지 못한 가게는 수백만 원의 벌금을 물었다. 동네 식당엔 개인정보를 적어야 들어갈 수 있었지만 백화점이나 놀이동산엔 그냥 들어가도 괜찮았다. 대중교통은 정말 어쩔 수 없을 테니 정부의 입장도 이해가 갔다. 자영업자에 대한 배려가 부족해서 그렇지 그들 역시 분명 최선을 다해 일하고 있을 터였다. 그렇다고 믿어야 오늘을 버틸 수 있었다.

잘하지 않아도 열심히만 하면 괜찮은 것일까. 학창시절부터 회사생활, 사업을 하면서까지 적용되는, 무어라 답을 내리기 힘든 딜레마였다. 마음은 열심히만 해도 괜찮다는데 머리가 닥치고 제발 잘 좀 해보라며 자꾸만 윽박을 질러댔다. 대한은 스스로를 향해 끊임없이 호통을 쳤다. 또다시 머리가 깨질 듯 아프기 시작했다.

2.5단계 방역 조치가 끝나기 하루 전인 2월 13일, 수도권의 방역단계가 드디어 2단계로 내려간다는 속보가 흘러나왔다. 이제야 방역 당국의 눈에 자영업자가 들어온 모양이었다.

드디어 마주한 2단계는 2월 28일까지, 2주간이었다. 그사이 국민 열 명 중 여섯 명이 사회적 거리두기를 강화해야 한다고 답했다는 믿을 수 없는 여론조사 결과가 공개되었다. 이에 정부는 다시 자영업자들의 어려움 때문에 거리두기를 강화하기 쉽지 않다는 뉘앙스의 답변을 내놓았다. 자영업자들은 또다시 비난의 화살을 받아내는 과녁이 되어야 했다.

그런데 자영업자들의 반응이 이전과는 사뭇 달랐다. 욕을 먹어도 괜찮으니 영업제한을 풀어달라는 것이었다. 코로나는 걸린다 해도 안 죽을 수도 있지만 이대로 영업제한이 계속 이어지면 꼼짝없이 굶어죽을 것이 자명했기 때문이다.

2월 26일, 정부는 3월 14일까지 2단계를 2주 더 연장한다고 발표했다. 2.5단계로 높이지 않아 그저 다행스러웠다. 어려운 결정을 내려준 방역 당국에 눈물이 나도록 고마운 마음이 들었다.

◇◇◇◇

3월 12일, 2단계 조치를 3월 28일까지 2주 더 연장한다는 발표가 흘러나왔다. 5인 이상 집합금지는 여전했다. 횟집 사장님은 배달이 가능한 음식들로 메뉴를 변경했다는 소식을 전해주었다. 삼겹살집 사장님은 올여름 계약 만료 때 가게를 빼야 할지도 모르겠다며 서글픈 미소를 지어 보였다. 이 자리에서만 무려 십이 년 동안 삼겹살을 팔아온 사장님이었다.

이층 이자카야 사장님이 스스로 목숨을 끊었다는 소식을 들은 건 그 대화를 나눈 지 며칠 지나지 않아서였다. 이자카야도 이자카야지만 길 건너편 상가 지하에서 운영하던 노래방 부채를 갚지 못해서라는 소문이 돌았다. 룸이 스무 개도 넘는 노래방이 오랜 기간 손님을 받지 못했고, 어느 순간 보증금은 물론 대출까지 다 까먹었으며, 사채를 써도 월세와 생활비를 감당하지 못할 지경에 이르렀다는 것이다.

막 소식을 전해들은 대한이 숨을 고르며 계단을 오르는데 몇 달 동안 닫혀 있던 이자카야의 문이 열렸다. 가게에서 젊은 여자가 걸어나왔다. 돌아가신 사장님의 딸이라고 했다. 아직 대학생이라는 여자는 머리에 하얀 리본을 꽂고 있었다.

"저 이층 사장님 딸이에요."

"아, 네……"

대한은 괜히 죄스러운 마음이 들었다.

"엄마가 유서에 여기 사장님들 다 좋은 분들이시라고, 혹시 가게에 있는 물건들 중에 쓸 만한 것 있으면 사장님들께 나눠드리라고 남기셔서요."

대한은 말씀만으로도 죄송하고 감사하다고, 고인의 명복을 진심으로 빈다고 말하고 스터디 카페를 향해 천천히 걸어올라왔다. 노래방은 거리두기가 2.5단계 이상일 때는 운영을 중단해야 하고, 2단계일 때에도 오후 9시부터 오전 5시까지는 영업을 할 수 없었다. 메인 영업시간에 손님을 받지 못하니 사장님에게는 뾰족한 수가 없었을 것이다.

모두가 아침에 출근해서 저녁에 퇴근하는 삶을 사는 것은 아니라는 사실을 정책 담당자들이 조금만 더 생각해주었다면 얼마나 좋았을까 하는 생각에 마음이 아팠다. 그에 비하면 스터디 카페는 24시간 영업이 가능한 업종이라 그나마 다행이었다.

3월 26일, 거리두기 2단계가 4월 11일까지 2주 더 연장된다는 소식이 들려왔다.

◇◇◇◇

4월 9일, 방역 당국은 새로운 발표를 했다. 거리두기 2단계를 2주가 아닌 3주 연장하겠다는 공지였다. 이번 연장 조치로 2단계가 5월 2일까지 연장되었다. 대한은 2주가 아닌 3주라는 사실에 새삼 신선함을 느꼈다. 한 번만 더 2주 연장 소리를 들었다가는 화병이 나 드러누울 수도 있겠다 하던 차였다.

그사이 스터디 카페의 매출은 뚝뚝 떨어져 700만 원 선을 위협받았다. 2.5단계도 아닌데 도대체 무엇이 문제인가 싶어 수소문을 했더니 바로 한 블록 거리에 새 스터디 카페가 생겼다는 이야기가 들려왔다. 학원가도 아니고 학군 때문에 사람들이 이사를 오는 동네도 아니었다. 이런 곳에 도대체 무슨 볼일이 있다고 또 새 스터디 카페가 들어선 것인지 도저히 이해가 가지 않았다. 심지어 새로 오픈한 곳은 유명한 프랜차이즈 스터디 카페였다.

이대로 앉아서 당할 수만은 없었다. 대한은 현수막을 만들어 건물에 걸고, 1시간 이용 금액을 2000원에서 1500원으로 내렸다. 음료 한 잔을 무료로 제공하는 이벤트를 시작하고, 근처 학원들엔 학원 홍보 브로슈어를 배치해주겠다고 영업을 했다.

누군가는 단가를 내리면 다 같이 죽자는 이야기라며 거품을 물었지만, 원금 회수도 못했는데 이대로 혼자 굶어죽을 수만은 없는 노릇이었다. 5성급 호텔의 로비에서 날 법한 향과 비슷한 고급 디퓨저도 준비했다. 가장 반응이 좋았던 건 한 달에 한 명을 추첨해서 현금 10만 원을 주는 현금 살포 이벤트였다.

4월 30일, 수도권 거리두기 2단계가 5월 23일까지 3주 더 연장된다는 소식이 들려왔다. 3주도 두 번 들으니 더이상 참신하지 않았다. 그래도 아직 마이너스는 아니라고 대한은 스스로를 위로했다. 다행히 신용보증재단에서 받은 대출은 일 년 거치 사 년 상환이었다. 원금 상환까지는 여유가 있었다.

◇◇◇◇

5월 21일, 방역 당국은 수도권 사회적 거리두기 2단계가 3주 더 연장된다고 통보했다. 피해는 자영업자가 다 보고 있는데 왜 자영업자들의 목소리는 방역정책에 반영되지 않는지 그저 답답했다.

다행인 건 회사에 다니는 회사원들, 집에서 집안일을 하는 가정주부들, 학교에 다니는 학생들까지도 이제 사회적 거리두기를 지긋지긋해한다는 사실이었다. 자영업자의 입장에 공감해주는 사람들이 조금씩 늘고 있었다. 시간은 분명 자영업자의 편이 아니었지만 그렇다고 해서 출구도 없는 궁지로 몰아넣기만 하는 무자비한 놈도 아닌 모양이었다.

정부는 5월 26일, 새로운 연간계획을 발표했다. 한마디로, 끝이 보인다는 이야기였다.

6월 1일부터는 5인 이상 집합금지가 완화된다고 했다. 백신을 맞은 사람은 가족 모임을 할 때 인원 제한 대상에서 제외되었다. 7월부터는 백신 접종자의 경우 실외 마스크 착용 의무가 해제되며, 10월부터는 코로나 이전의 일상을 되찾을 수 있을 거라고 했다. 12월 이후에는 실내 마스크 착용 의무도 완화할 계획이라는 설명을 들으며 대한은 결국 눈물을 흘리고 말았다. 정말 끝이 보였다.

대한은 일층으로 내려가 삼겹살집 사장님과 얼싸안고 울었다. 한 편의 시트콤처럼 사장님은 엉엉 소리를 내며 어깨까지

들썩였다. 성인 남성, 그것도 장년층 남성이 그렇게 서럽게 우는 모습을 직접 본 것은 태어나서 처음이었다.

그만큼 의미 있는 조치였다. 그래도 죽진 않겠다며 삼겹살 집 사장님은 대부업체에 월세를 빌리러 갔다. 여름이면 장사를 재개할 수 있고, 가족을 지켜낼 수 있다는 희망이 생긴 셈이었다. 100만 원, 200만 원의 보조금이 중요한 게 아니었다. 장사만 원래대로 할 수 있게 해주면 모든 문제가 해결되었다. 이율 22퍼센트로 돈을 빌렸다는 사장님은 "6·25 겪으신 우리 아버지는 나보다 더 힘드셨을 테니까"라고 말하며 발갛게 상기된 고개를 들어 보였다. 사장님의 얼굴이 붉게 타오르고 있었다. 대한이 할 수 있는 일이라고는 다시 한번 힘을 내보겠다는 사장님의 손을 꼭 잡아드리는 것뿐이었다.

거리두기 2단계는 7월 4일까지 3주 더 연장되었다. 그래도 7월부터 새로운 거리두기 방침이 적용되면 모든 것이 다시 정상으로 돌아올 터였다. 조금만 더 버텨보기로 했다.

◇◇◇◇

7월 1일, 거리두기 체계가 기존 5단계(1-1.5-2-2.5-3)에서 4단계(1-2-3-4)로 간소화되었다. 규칙을 세세하게 만들면 오

히려 빈틈이 많아질 수 있다는 교훈을 얻은 시간이었다. 그렇
다고 업종 구분을 느슨하게 하자니 그다지 엄격한 규제가 필
요하지 않은 업종들까지 피해를 봤다. 보다 현명한 정책이 필
요한 때였다. 그래야 자영업자들이 일자리를 잃지 않을 수 있
었다. 대부분 자신의 사업에 사활을 건 사람들이었다.

그런데 문제가 생겼다.

방역 조치가 해제되어야 할 시간이 다가올수록 확진자 수가
기하급수적으로 치솟았다. 서울시는 치솟는 확진자를 감당하
지 못해 기존 5단계 안을 1주 연장하겠다는 브리핑을 진행했
다. 그리고 그다음주, 기존 5단계 안을 1주만 더 연장하겠다
며 불편하더라도 모두가 서로를 위해 조심해야 할 시기라고
강조했다.

무언가 일이 잘못되고 있었다.

7월 9일, 드디어 방역 당국은 서울도 7월 12일부터 새로운
거리두기 체계를 적용한다고 발표했다. 하지만 서울에 적용되
는 건 1단계도 2단계도 3단계도 아닌 무려 4단계였다. 시작하
자마자 적용되는 거리두기 최고 단계에 불안감이 높아졌지만
확진자 수를 보니 위태로운 상황인 것 같았다. 그래도 4단계를

7월 25일까지 2주만 적용하겠다고 해서 '2주만'이라는 그 말을 마지막으로 한 번만 더 믿어보기로 했다. 하지만 정말 짧고 굵게 4단계가 끝날 수 있을지, 자꾸만 불안하고 초조해졌다.

그날 저녁, 대한의 대학 동기 한 명이 결혼을 한다고 해서 새 단톡방이 만들어졌다. 막상 주인공은 초대받지 못한 단톡방의 대화 주제는 부동산, 주식, 그리고 방역 조치였다. 대학 친구들은 아직 대한이 스터디 카페를 차린 사실을 모르고 있었다. 아무리 그렇다 해도 친구들은 너무 막말을 했다.

- 너네 그 기사 봤어?
- 무슨 기사?
- 자영업자들 말이야.
- 뭐라는데?
- 코로나 이렇게 심각한데 방역 조치 풀어달라고.
- 미친.
- 정신 나갔나봐.
- 가족 중에 누구 하나 코로나 걸려서 죽어봐야 그 따위 말을 안 하지.
- 그러니까. 누가 장사하라고 등 떠밀었나. 지들이 선택한 거면서.

단톡방을 나갈지, 자신의 상황을 설명할지, 그것도 아니면 이 대화에 끼어들어 반박을 해야 할지 판단을 할 수 없었다. 그렇게 잠시 핸드폰을 붙들고 있는데 갑자기 눈물이 흐르기 시작했다. 지난달 매출은 321만 6000원이었다.

손님들이 볼까 겁이 났다. 대한은 서둘러 계단을 통해 옥상으로 뛰어올라갔다. 올라가며 보니 사층, 오층은 어느덧 모두 공실이었다. 처음 왔을 땐 사무실들이 있었는데, 지금은 텅 비어 있었다. 어지럽게 쌓여 있는 지로용지들과 전단지 때문에 심장이 찢어질 것 같았다. IMF 때는 다 같이 힘들기라도 했지, 지금은 힘든 사람만 힘들다는 생각에 더 견디기 어려웠다.

집으로 걸어가는 길에도 눈물이 멈추지 않았다. 심장이 빠르게 뛰었다. 가슴이 답답하고, 두통이 심해졌다. 저녁에 부모님과 통화를 하면서는 사업이 잘되고 있다고 거짓말을 했다. 태연한 척 연기하는 스스로가 비참해 침대에 누워서도 끅끅대며 울었다. 머리를 조이고 있던 나사 하나가 풀려버린 느낌이었다. 감정 조절 장치가 완전히 망가졌는지 스스로를 콘트롤할 수 없어 무력감이 밀려들며 온몸에서 힘이 빠져나갔다.

7월 23일, 수도권 4단계, 비수도권 3단계 조치가 8월 8일까지 2주 더 연장된다는 속보가 흘러나왔다.

다음날 아침, 무기력하게 출근을 하던 대한은 건물 앞에 서 있는 앰뷸런스 한 대를 발견했다. 방역복을 입은 구급대원들은 꽤나 다급해 보였다.

구급차에 실려간 사람은 다름 아닌 삼겹살집 사장님이었다. 쓰러진 사장님 옆에는 빈 소주병 아홉 병이 놓여 있었다고 했다. 다행히 며칠 후 깨어나셨다는 소식을 듣긴 했지만, 더이상 가게에서 사장님의 모습을 볼 수는 없었다.

8월 8일, 수도권 거리두기 4단계가 8월 22일까지 2주 더 연장된다는 소식이 들려왔다.

◇◇◇◇

대한이 조금 이상해진 것을 가장 먼저 눈치챈 사람은 일층 횟집 사장님이었다. 횟집 사장님은 그를 동네 정신건강의학과로 데리고 갔다. 친척 중에 딱 이런 증세를 보인 사람이 있었는데 알고 보니 약물 치료가 필요한 심한 우울증이었다고 했다. 횟집 사장님은 배달이 잘되어 매출이 오히려 늘어났다면서도, 배달 한 건당 배달료를 3000원에서 많게는 7000원까지 부담해야 해 순수익은 오히려 줄어든 셈이라고 했다. 위드 코로나로 바뀌는 즉시 배달을 때려치울 거라고 웃으며 장담하는 호쾌한 사장님을 보면서 대한은 웃음을 터뜨렸다. 실로 오랜만에 소리를 내 웃는 웃음이었다.

◇◇◇◇

정신건강의학과 의사는 대한의 말을 듣기만 할 뿐 딱히 별 조언을 하지 않았다. 대한은 슬슬 화가 났다. 돈이 아까웠다.

"저기 선생님, 듣기만 하지 마시고 뭐라고 말 좀 해주세요."

"어떤 말을 듣고 싶으신데요?"

"상황이 나아질 수 있는 확실한 솔루션이요."

"음, 그럼 약 먹지 않고 나아질 수 있는 방법 하나를 알려드릴게요."

옳거니. 원하던 대답이었다.

"좋아요. 어떤 거든지요."

"사장님처럼 자영업을 하는 사장님들 인터뷰를 해보세요. 그리고 한 편의 기사처럼 정리해서 블로그 같은 데 올리는 거예요."

"인터뷰요?"

의사는 고개를 끄덕였다. 솔루션을 말해달라고 해서 말해주지 않았느냐는 표정이었다.

"물론 섭외부터 난관이겠지만 그래도 하다보면 제가 왜 이런 숙제를 드렸는지 알게 되실 거예요. 진짜 하실 수 있는 분 같아서 말씀드렸으니까 한 달 뒤에 만날 때 꼭 숙제해오세요. 블로그 주소 알려주시면 제가 첫번째 구독자 할게요."

이것이 시작이었다. 대한의 프리랜서 인터뷰어로서의 첫걸음은 이렇게 시작되었다.

제2장

너무 보통의
자영업자 이야기 1

동해 앞바다 횟집

횟집 사장님과 인터뷰 약속을 잡은 대한이 시간에 맞춰 일층으로 내려갔다. 사장님은 대한을 보고 "어이구, 기자님" 하며 악수를 청했다. 세상에, 기자라니. 태어나서 한 번도 생각해본 적 없는 직업이었다. 그렇게 부르지 말라며 손을 내젓는 대한에게 사장님은 프리랜서 PD도 독립 PD라고들 한다면서 대한을 기자라고 부르지 못할 이유가 어디 있느냐고 오히려 반문했다. 생각해보면 틀린 말은 아니었다. 괜히 이야기가 길어질 것 같아 대한은 서둘러 고개를 끄덕였다.

오늘의 주인공은 대한이 아닌 사장님이었다. 이제는 그가 일일 기자가 되어 사장님 이야기를 들을 차례였다.

대한   어, 그럼 첫 질문 드리겠습니다. 뭔가 어색하네요.

사장님 좋게 잘 써줘야 해. 그래, 첫 질문 한번 해보시죠.

대한   장사는 어떻게 시작하게 되셨나요?

사장님 그야 회를 좋아해서죠.

  인터뷰가 잠시 중단되었다. 대한은 사장님께 진지하게 임해 주셨으면 좋겠다는 부탁을 드렸다. 그에 횟집 사장님은 어이가 없다는 표정을 지어 보였다. 눈을 비비고 다시 보니 사장님의 표정은 더할 나위 없이 진지했다.

사장님 진짜인데? 어릴 때 배를 탔어. 요 앞에서 보이는 그런 배 말고, 원양어선.

대한   원양어선이요????

사장님 그때 나이가 이십대 초반이었는데 돈을 많이 준다길래 탔어요. 우리집이 가난했거든. 혈기 왕성한 나이에 몇 달 이고 바다에만 떠 있는 생활은 정말 너무 힘들었지. 육지 로 돌아올 때마다 늘 이번이 마지막이다, 되뇔 정도로.

대한   그런데 계속 나가셨어요?

사장님 나처럼 못 배운 사람이 그만한 돈을 벌 수 있는 일이 많 지 않았으니까. 그리고 사람들 사이에서 치이다보면 이상하게 바다가 그리워지더라고요.

대한 그래도 결국엔 그만두셨잖아요.

사장님 그게, 갑판 일을 하다가 손가락 하나가 잘려서.

사장님이 손을 내밀어 보였다. 왼손 넷째 손가락 자리가 휑했다.

사장님 바다에 의사가 어디 있나. 갑판에 떨어진 손가락을 가만
바라볼 수밖에 없었지. 우리 선장님이 깜짝 놀라서 수건
으로 내 손을 둘둘 감싸더라고.

대한 그런데도 회가 좋으세요?

사장님 에이, 이 사람아. 먹는 거랑 그거랑은 다르지.

껄껄 웃어 보인 사장님이 말을 이었다.

사장님 너무 싫었던 일인데, 나를 장애인으로 만든 일인데, 그
래도 이상하게 그 시절이 그리워. 배 위에서 질리도록
먹었던 회맛도 그립고. 그 회가 그리워서 횟집을 차렸어
요. 아마 사장님, 아니 기자님보다도 어린 나이에.

횟집 사장님의 나이를 정확히 알지는 못했지만 적어도 대한보다 열댓 살은 많아 보이는 얼굴이었다. 다른 말로 하면 고작 열댓 살밖에 차이가 나지 않는다는 이야기이기도 했다. 가난을 등에 지고 배를 타야 했던 이십대 초반의 삶을 대한은 감히 상상할 수 없었다. 사장님은 책 들고 대학에 다닌 그가 부럽다고 했다.

대한 그럼 회사생활은 안 해보신 거예요?

사장님 이 사람, 원양어선 탄 사람이라고 무시하네. 배를 탄 것 자체가 회사생활이에요. 나에겐 바다가 사무실이었다고.

경솔했다. 더불어 생각도 짧았다.

대한 죄송해요. 적절한 질문이 아니었어요. 그럼 주제를 조금 바꿔서, 횟집을 운영하시며 가장 힘든 점은 어떤 게 있을까요?

사장님 그야 우리 가게 회가 맛없었다는 사람들을 만났을 때지. 그중에서도 말 같지도 않은 말을 하며 돈을 요구하는 사람들을 만날 때면 정말 속에서 천불이 나요.

대한 환불 말씀하시는 건가요?

사장님 환불이면 그냥 그런가보다, 하고 말지. 지난달엔 경찰도

불렀다니까.

대한 경찰이요?

사장님 회를 배달해준 집에서 다음날 전화를 했어요. 우리 가게

에서 맛이 간 회를 보낸 것 같다고. 환불은 물론이고 병

원비까지 내놓으라고. 남은 회 좀 볼 수 있겠냐고 했더

니 집으로 직접 찾으러 오라데. 그래서 양해를 구하고

다시 주소를 받아 내가 직접 갔지. 아니 그런데 먹던

회를 뚜껑도 안 덮고 베란다에 그대로 내놓은 거야. 햇

빛을 얼마나 받았는지 냄새도 고약하고 회가 아주 뜨

끈뜨끈하더라니까.

대한 그래서요?

사장님 이건 아니다, 응급실에 다녀온 영수증이라도 보여달라

고 말했죠. 그러니까 아주 소리소리를 지르며 난리도 그

런 난리가 없었어. 그래도 손님이니까 꾹꾹 참으며 진단

서를 보여달라고 했지. 너무 소리를 지르니까 아래층에

서 경찰에 신고하는 바람에 경찰도 왔고. 경찰도 일단

진단서를 보자고 하는데 다른 말만 하면서 계속 소리를

지르더니 두고 보라고, 별점 테러해서 가게 망하게 할

거라며 악담을 퍼붓더라고.

대한 미친 사람 아니에요?

사장님 결국 남은 회 다 복도에 내던지고 문 닫고 들어갑디다. 오죽하면 경찰이 나를 다 위로했을까.

　　대한은 아직 겪어보지 못한 진상 중의 진상이었다. 음식을 파는 일이 이토록이나 어려운 일이라는 것을 새삼 인지하게 된 순간이었다.

대한 그럴 때는 장사고 뭐고 다 때려치우고 싶지 않으세요?

사장님 그래도 그런 인간들보다는 좋은 손님들이 훨씬 더 많으니까. 맛있게 잘 먹었습니다, 여기 회가 최고예요, 또 올게요, 같은 말 들으면 다시 힘이 나지. 인생 살다보면 원래 이런 일도 있고 저런 일도 있는 거잖아요. 이번엔 그냥 재수가 없어서 똥을 밟았던 거고.

대한 저라면 못 버틸 것 같아서 그래요. 경제적으로도 요즘 많이 힘드시죠? 코로나 때문에.

사장님 코로나로 식당들 힘들어진 건 그래도 모두가 알아주는 거잖아요. 안 좋은 일이 있으면 좋은 일도 있고 그러더라고요. 버티다보면 또 좋은 일 생기겠죠.

사장님은 누군가 인터뷰를 읽게 된다면 꼭 전하고 싶은 말이 있다고 했다.

사장님 아직도 자영업자들 보고 세금 탈루한다, 그런 소리들 많이 하는데 적어도 음식 파는 우리들은 아니에요. 그런 말 하는 사람들한테 아직도 밥 먹을 때 현금 내는지 정말 물어보고 싶어요.

대한 오해가 억울하신 거죠?

사장님 물론 예전엔 그런 일들이 많았지. 현금 요구하고, 현금 내면 깎아주고. 통장을 자기 실명으로 만들지 않아도 괜찮은 시절도 있었으니까. 그런데 요즘은 다들 카드로 결제하고 배달 앱 쓰고 그래서 탈루하려야 탈루할 수가 없어요. 아니, 컴퓨터에 다 잡히는데 그걸 어떻게 떼먹어.

대한 생각해보니 그러네요. 이 내용은 빼지 않고 꼭 넣을게요. 가게는 언제까지 운영할 계획이세요?

사장님 내가 결혼을 늦게 해서 열두 살짜리 딸이 하나 있어요. 그놈 대학 보내고 결혼시키고 할 때 뭐라도 쥐여주려면 일흔 넘어서까진 해야 하지 않겠어요? 자식한테 아무것도 못해주는 부모 마음, 그것만큼 쓰린 게 없다니까.

대한은 부모님을 떠올렸다. 부모님이 그렇게 생각하지 않으셨으면 좋겠다고 생각했다. 아무것도 해주시지 않아도 괜찮다는 말씀을 드리고 싶었다. 하지만 괜히 더 부담을 드리게 될까 봐 내색하지는 않기로 했다.

대한 마지막으로 하고 싶은 말 있으세요?

사장님 사실 나, 인터뷰라는 거 처음 해봐요. 물론 사장, 아니 기자님, 말이 자꾸 이렇게 나오네. 이해해줘요. 기자님이 꼭 해야 하는 숙제라고 해서 응한 거긴 하지만 술도 안 마시고 누구한테 내 얘기를 이렇게까지 해본 건 처음이니까. 나 같은 평범한 사람한테 들을 말이 어디 있겠어요. 대단한 사람도, 사회적으로 성공한 사람도 아닌데. 덜컥 수락하고도 미안한 마음이 훨씬 더 커서, 연어덮밥 하나 포장해놨으니 갖고 가서 먹어요. 나 같은 사람 인터뷰해줘서 고마워.

대한이 연어덮밥을 내미는 사장님의 손에 하얀 봉투를 쥐여드렸다. 현금 10만 원이 들어 있는 봉투였다. 사장님은 이런 거 안 받는다고, 이럴 거면 차라리 밥값이나 내고 가라며 손사래를 쳤지만 그럴 수는 없었다.

세상에 공짜는 없다. 고로 인터뷰비는 꼭 드려야 했다.

작은 성의 표시를 하는 것 역시 정신과 치료의 일환이라고 거짓말을 하며 사장님께 겨우 돈봉투를 쥐여드렸다. 터무니없이 적은 금액이라 오히려 민망했지만 대한도 여유가 없어 어쩔 도리가 없었다. 지금은 10만 원이 인터뷰를 해주신 분들에게 드릴 수 있는 최선이었다.

열심히 적고 녹취한 인터뷰 자료를 정리해 글 한 편을 완성했다. 대한이 태어나서 처음 써본 인터뷰 기사였다. 병원에 전화해 몇 편이나 쓰면 되느냐 물었더니 우선 기간에 맞춰 한 달에 두 편씩 작성해보자는 답이 돌아왔다. 의사의 목소리가 한결 편안하게 느껴졌다.

새로운 인터뷰 상대가 필요했다. 약물 치료를 받지 않으려면 꼭 숙제를 해야 했다.

다음날 오후, 대한은 새 인터뷰 상대를 찾기 위해 거리로 나섰다. 어제보다 마음도 발걸음도 가벼웠다. 미세먼지 한 톨 없는 맑고 쾌청한 날이었다.

그날 스터디 카페를 방문한 이용객은 총 여덟 명이었다.

샬롯 양장점

인터뷰 약속을 잡고 일주일 뒤, 대한이 찾은 곳은 샬롯 양장점이었다. 사장님은 곱게 화장을 하고 힘을 줘 드라이한 머리에 화려한 정장을 차려입고 앉아 계셨다. 사진까지 찍을 계획은 없었지만, 대한은 핸드폰 카메라로 정성스레 사장님의 사진을 찍었다. 약간 촌스러운 화장이 아름다웠다.

인터뷰는 가벼운 인사로 시작되었다.

대한 이 동네에 스터디 카페 차린 지는 몇 달 되었는데 이제야 정식으로 인사드립니다.

사장님 인사할 생각 못 한 건 나도 마찬가지죠. 스터디 카페는 잘되나요?

대한 자영업자들 다 똑같죠.

사장님 우리 조금만 더 힘내요. 곧 좋은 날 오겠죠.

　사장님의 말투는 우아했지만 경직되어 있었다. 대한은 사장님께 편하게 생각하셔도 된다고 말씀드리며 긴장을 풀어드렸다.

대한　어쩌다 양장점을 운영하게 되셨어요?

사장님 우리 어릴 때는 양장점이 아주 고급 옷집이었어요. 양장점에서 옷 한번 사면 소원이 없겠다, 싶을 정도로요. 그러다 사업을 할 기회가 생겼고, 양장점을 열어보기로 결심을 했어요.

대한　얼마나 하셨는데요?

사장님 올해로 이십일 년째네요.

대한　이 자리에서만요?

사장님 그럼요.

대한　대단하시네요. 혹시 양장점을 하시기 전엔 무슨 일을 하셨는지 여쭈어봐도 될까요?

사장님 그냥 가정주부였죠. 그전엔 옷가게 시다였고. 사실 십대 때는 미장원에서 미용 기술을 배우기도 했었는데, 처음 제대로 월급 받으며 했던 일은 남대문에 있는 옷가게에서 옷을 파는 거였어요. 밤시간에 아동복을 도매로 떼주는 일이요.

대한 패션에 관심이 많으셨나봐요.

사장님 없었다고 할 수는 없지만 그렇다고 유달리 좋아한 것도 아니었어요. 그냥 보통 친구들 정도였지요. 사촌언니가 남대문에서 옷을 떼다 지방에 팔았는데, 집에 돈이 필요해서 몇 번 따라갔다가 그냥 눌러앉게 된 거죠.

대한 거기에선 얼마나 일하셨는데요?

사장님 가만있어보자. 일 년, 이 년…… 햇수로 육 년?

이십대 때 한곳에서 육 년을 일하고, 나이가 들어서는 이십 년 넘게 한자리를 지킨다는 것. 그것만으로도 사장님이 대단해 보였다.

대한은 존경이 깃든 얼굴로 다음 질문을 이어나갔다.

대한 육 년이나 일한 직장을 그만두신 이유가 있을까요?

사장님 결혼하고 애 낳았으니까요. 지금은 세상이 달라졌지만 예전엔 다 그랬어요. 결혼하면 직장 그만두고, 애 낳고, 살림하고.

대한 그럼 샬롯 양장점은 어떻게 시작하게 되신 거예요?

처음으로 사장님이 뜸을 들였다. 숨을 크게 내쉬고는 물을 한 모금 들이마셨고, 잠시 눈을 감았다. 꿈을 꾸는 듯한 표정이었다.

이윽고 사장님의 입에서 현실과 생활이라는 잔혹 동화가 흘러나왔다.

사장님 남편은 나름 탄탄한 중견기업을 다니고 있었어요. 그걸로 살림하고, 애들 키우고 다 했죠. 그러다 IMF가 터지면서 남편이 실직을 했어요. 몇 달을 술만 마시다 이삿짐센터에서 아르바이트를 시작했고요. 지금이야 아르바이트라고 부르지만 그때는 그냥 연락 오면 가서 일하고 일당 받는 거였어요.

IMF가 무너뜨린 건 대한의 집뿐만이 아니었다. 너무 많은 사람들이 쓰러졌고, 다시 일어서지 못했으며, 극단적인 선택을 했다.

사장님 그때가 딱 애들 대학 다니고, 고등학교 다니고 할 때라 생활비가 절박했어요. 그래서 형광등 하나 제대로 못 가는 남편이 이삿짐센터에서 일을 시작했던 거고요. 그

런데 일 못하는 사람이 몸 쓰는 일 하면 어떻게 되는 줄
아세요?

불길했다.

사장님 예상하시겠죠. 남편은 사다리차에서 떨어져 허리 아래
　　　로 마비가 되었어요. 그래도 삼층 높이에서 떨어졌으니
　　　망정이지 더 위에서 떨어졌으면 살아남지 못했을 거예요.

　담담한 말투와 표정과는 다르게 사장님의 입술이 바르르
떨렸다. 오랜 시간이 지났지만 여전히 하기 힘든 이야기임이
분명했다.

사장님 병원 응급실에서 만난 이삿짐센터 사장님이 우시더라
　　　고요, 나도 안 우는데. 우리집 사정 다 알고 있다면서,
　　　바깥양반이 유일하게 돈 버는 가장인데 너무 미안하다
　　　고 그렇게 울데요.
대한　치료비는 받으셨어요?
사장님 다행히 보험에 가입되어 있어서 치료비는 나왔지만 문
　　　제는 생활비였어요. 애들하고 길거리에 나앉을 수는 없

는 거잖아요.

대한 사장님께서 일을 다시 할 수밖에 없는 상황이 되어버린 거네요.

사장님 맞아요. 그런데 내가 무릎하고 손목이 안 좋아서 마트 알바나 청소 일도 쉽지 않은 거예요. 그야말로 거리에 나앉기 직전이었죠.

대한 그러다 양장점을 여신 거예요?

사장님 하루는 이삿짐센터 사장님이 찾아왔어요. 자기 장모의 사촌이 상가 몇 개를 갖고 있는데 그중에서 월세 저렴한 놈 하나를 십 년 동안 무료로 쓸 수 있게 빌려왔대요. 공짜로 쓸 수 있는 거니까 거기에서 떡볶이를 팔든 신발을 팔든 원하는 장사를 해보라는 거예요.

대한 대단한 임대인이네요. 아무리 부자여도 쉽지 않은 결정이었을 텐데요.

사장님 나중에 알고 보니 이삿짐센터 사장님이 대신 월세를 내주고 계셨어요. 무려 십 년이나요. 사실 목소리도 듣기 싫을 정도로 원망도 많이 했는데 십 년이나 월세를 대신 내준 사실을 알고는 화가 누그러들었어요. 십 년이 지나 내가 월세를 내야 할 때가 되었을 때, 그 사장님 붙들고 참 많이 울었고요. 그 사람의 사과를, 그 진심을 그제야 받아들이게 됐죠.

여러모로 양쪽 모두에게 쉽지 않았을 시간이었다. 대한은 사장님을 애틋하게 바라보다 다음 질문으로 넘어갔다.

대한 그런데 왜 하필 양장점이었을까요. 말씀하신 것처럼 분식집도 있고, 신발가게도 있는데요.

사장님 무릎하고 손목이 안 좋아서 음식 장사는 못하겠더라고요. 그래서 곰곰이 생각하다 그래도 해본 적 있는 옷 장사를 해보자 마음먹었죠. 이왕이면 내가 어릴 적 동경했던 양장점으로. 한 번도 들어가보지를 못해서 그런 마음이 더 컸던 것 같아요.

대한 사실 저도 양장점에 들어와본 건 이번이 처음이에요. 양장점에서 옷을 사본 경험이 없거든요.

사장님 어머, 사장님 나이 또래 분들은 원래 여기 안 와요. 여긴 어머님이나 할머님 나이대 분들이 오다가다 들르시고 용돈 생기면 쇼핑도 하시는 동네 사랑방이니까요.

대한 코로나 때문에 많이 힘드시죠?

사장님 제가 아무리 힘들어봤자 식당 하시는 분들, 유흥주점 하시는 분들만할까요. 그래도 두 번 올 손님이 한 번 오시고, 한 벌 사 갈 옷을 구경만 하고 나가시는 걸 볼 때면 조금 힘이 빠지죠.

대한 무례한 질문인 건 알지만 궁금해서요. 혹시 지금 양장점 매출로 월세나 생활비 해결이 가능하신가요?

사장님은 미소를 지어 보였다.

사장님 지금은 애들도 다 분가하고 바깥양반도 돌아가셔서 생활비가 많이 안 들어요. 연금도 나오고, 애들이 용돈도 주고. 그래서 유지해요. 집에만 있으면 폭삭 늙어버릴 것 같기도 하고.

인터뷰를 마치고 가게를 나서는데 사장님이 대한에게 새 인터뷰 대상을 추천해주셨다. 골목 안쪽으로 들어가면 있는 작은 미장원 원장님인데 그분의 인생사가 한 편의 영화 같다고 했다. 더불어 어른들 중엔 글 읽는 것을 힘들어하시는 분들도 계시니 기회가 되면 유튜브에 인터뷰 영상을 올리는 건 어떻겠느냐는 의견도 주셨다. 최고로 재미있었다고, 이런 재미있는 일을 할 기회를 줘서 너무 고맙다고 하시면서.

인터뷰를 마치고 스터디 카페로 돌아가는 길에 대한은 못 보던 현수막을 발견했다.

11월 1일, ☆☆ 스터디 카페 오픈!

당황스럽고 화가 날 만도 한 상황이었는데 대한의 입가엔 희미한 미소가 떠올랐다. 생각해보면 스터디 카페는 진입장벽이 참 낮은 업종이었다.

그는 그런 스터디 카페의 사장님이었다.

◇◇◇◇

2주 뒤, 대한은 정신건강의학과를 다시 찾았다. 의사는 그가 쓴 인터뷰를 재미있게 읽었다며 치료가 끝나도 글쓰기를 멈추지 않았으면 좋겠다는 피드백을 주었다.

다음 인터뷰 기사가 정말 기대된다는 의사의 말에도 영 기운이 나지 않았다. 무례하게 굴려던 것은 아니었는데 한숨을 쉬고 말았다.

"매장 근처에 새 스터디 카페 하나가 또 오픈을 해서요. 이런 거 할 때가 아니라 본업에 더 충실해야 할 때가 아닌지 헷갈리네요."

며칠 뒤, 그의 발걸음은 양장점 뒤 골목으로 향하고 있었다.
낡고 촌스러운 미장원 간판에 대한의 마음 한구석에 있던 무
언가가 폭삭 무너져내렸다.

잉그리드 미장원

익숙한 간판이었다. 대한이 바가지 머리를 하고 다니던 꼬꼬마 시절, 어머니를 따라 들어가본 적이 있는 미장원이었다. 빛이 바래다못해 색까지 바래버린 잉그리드 버그먼의 커다란 브로마이드까지도 그대로였다. 미장원 뒤쪽으로는 허름한 식당과 술집이 모여 있었다. 땅값 비싼 서울에도 세월이 비껴간 골목들이 있었다. 아마도 그 때문에 집값까지 비껴가버렸는지도 모를 오래된 동네였다.

미장원 문을 열었다. 방울 대신 달아놓은 풍경이 짤랑거렸다. 그 소리가 삼십 년 넘도록 깊게 잠들어 있던 대한의 기억을 거세게 흔들어댔다.

미장원 안에선 칠십대는 되어 보이는 어르신 두 분과 그보다는 조금 젊어 보이는 원장님이 TV를 보고 있었다. TV에서 흘러나오는 방송은 한 번도 본 적은 없지만, 언젠가 본 것만 같은 아침드라마였다.

분홍색 파마 롤을 말고 어깨에 커트보를 두른 어르신 두 분의 시선이 대한을 향했다. 화려하게 세팅한 붉은 머리에 코스프레 의상이라고 해도 좋을 독특한 검정색 원피스를 입고 있는 원장님의 시선 역시 마찬가지였다. 대한이 뻘쭘해하며 고개를 숙였다.

"안녕하세요."

"누구세요?"

'어서 오세요'가 아닌 '누구세요'였다. 그만큼 고객층이 확고한 사업장이었다.

"저는 저 앞 사거리에서 스터디 카페를 하고 있는 이대한이라고 합니다."

"머리하러 오셨어?"

"에그, 이 사람아. 머리하러 왔으면 그냥 손님인데요, 했지."

어르신들의 대화에 대한은 얼굴이 붉게 달아오르는 것을 느꼈다. 그러고 보니 인터뷰를 요청하러 누군가의 영업장에 들어갔을 때 손님이 있었던 적은 이번이 처음이었다. 미소를 띤 원장님 얼굴에는 경계심이 깃들어 있었다.

"그런데요?"

"제가 동네 사장님들 인터뷰해서 글로 쓰는 일을 하고 있어서요."

"아, 기자 선생님이세요?"

"그게, 기자는 아니고요."

순간 활짝 미소를 지었던 원장님의 표정이 애매하게 변했다.

"그럼 방송국 PD 선생님? 작가 선생님?"

"그런 건 아니고, 그냥 개인적으로 사장님들 인터뷰해서 블로그에 올리고 있어요. 저희 건물 횟집 사장님 인터뷰랑 골목 앞 샬롯 양장점 사장님 인터뷰는 이미 올라가 있고요. 여기는 양장점 사장님께서 추천해주셔서……"

"안 해요, 그런 거."

순간 대한은 잡상인이라도 된 듯한 기분을 느꼈다. 갑자기 여기저기서 마주쳤던 잡상인들의 삶에 감정이 이입되며 절로 숙연해졌다.

분명 그들 역시 돌아다니며 이런저런 물건을 팔게 되기까지는 고민이 많았을 것이다. 그 선택이 본인과 가족을 위한 최후의 결정이었을지도 몰랐다. 그런 사람들에게 그간 너무 매정하고 차가웠던 것은 아닌지, 새삼 미안하고 불안했다. 죄책감마저 들었다. 코로나 이전, 고깃집 등에 남루한 행색으로 불쑥불

쑥 나타나 껌이나 초콜릿을 팔던 사람들이 떠올랐다. 누가 그토록이나 박대당하는 삶을 살고 싶어했겠는가. 어떤 사람이 자신의 미래가 그러할 것이라 꿈이라도 꿔보았겠는가.

이런 생각에 이르자 대한은 무언가 울컥 목구멍으로 밀려올라오는 듯한 느낌이 들었다. 감정이 제어되지 않았다.

떨리는 목소리를 애써 가다듬으면서 파마중인 어르신들을 향해 목례를 했다. 인터뷰를 하고 싶지 않다는 원장님을 더이상 불편하게 만들고 싶지 않았다.

"불쑥 찾아와서 죄송합니다. 미리 연락이라도 드렸어야 했는데. 그리고 아직까지 이렇게 미용실 운영해주셔서 감사합니다. 사장님 뵙고 힘 많이 얻고 가요."

"나를 알아요?"

원장님의 눈썹에 힘이 들어갔다. 앞에 선 남자를 어디서 봤나 기억해보려 노력하는 눈빛이었다.

"어렸을 때 어머니 따라 여기 와본 적이 있었거든요. 사실 양장점 사장님께 들을 때까지만 해도 잘 몰랐는데, 간판이랑 포스터 보고 기억이 났어요."

"아, 난 또."

원장님의 반응에 어르신들이 목소리를 낮춰 속닥거리기 시작했다. 중간중간 몇몇 단어가 대한의 귀에도 들렸지만 TV 소리에 묻혀 무슨 이야기인지 알아듣기는 힘들었다. 미용실 원장님이 손을 내저으며 대한을 문 쪽으로 몰았다.

"들을 거 없어요. 아유, 언니들도 참. 나중에 양장점 언니하고 다 같이 술이나 한잔해요. 그 언니 그렇게 보여도 아주 말술이거든."

짤랑거리는 풍경 소리를 뒤로하고 매장 밖까지 따라 나온 미용실 원장님이 어깨를 움츠리며 팔짱을 꼈다. 어느덧 불기 시작한 찬바람이 제법 쌀쌀하고 매서웠다.

"그래, 뭐가 궁금한데요?"

"미용실을 삼십 년도 넘게 운영하신 거잖아요. 미용실은 어떻게 시작하게 되셨는지, 이렇게 오래 운영하며 어려운 점은 없으셨는지 여쭤보고 싶었어요. 코로나 이후로 달라진 건 없는지 궁금하기도 했고요."

"별게 다 궁금하네. 사실은 저 할머니들이 뭐라고 쑥덕거렸는지가 더 궁금하죠?"

사실 별로 궁금하지 않았다. 그럼에도 대한은 아니라는 소리를 하지 못했다.

"어차피 캐고 다니면 다 알게 될 거니까. 나, 어렸을 때 옆 동네 술집에서 일했었는데 거기서 사고가 좀 있었어요. 그게 무슨 사연인지는 물어보지 말고."

대한은 고개를 끄덕였다. 궁금하다 해도 차마 물어볼 수 없는 내용 같았다.

　"그뒤로 여차저차해서 미장원을 냈고, 지금까지 하고 있어요. 코로나 초반엔 좀 힘들긴 했는데 그래도 머리는 안 할 수가 없으니까 손님이 오더라고. 그리고 어차피 우린 단골들만 오거든. 젊은 사람들이 많이 찾는 거리에 있어서 계속 손님 갈리는 곳들은 또 모르겠네. 그런 곳들은 아마 힘들지 않을까요?"

　대한은 기계적으로 고개를 끄덕였다. 매장 안으로 들어가려던 원장님이 다시 몸을 돌렸다.

　"그리고 내가 저 뒤에 술집도 하나 하고 있어서, 그래서 혹시나 하고 물어봤어요. 우리 손님인데 내가 몰라보나 하고. 그런데 우리 손님이라기엔 자기는 너무 어려."

　미장원 문이 다시 한번 열렸다. 짤랑거리는 풍경 소리와 함께 어르신들의 시선 역시 다시 한번 대한을 향했다. 마스크를 쓴 어르신들이 대한을 향해 손을 흔들었다.

　미장원 원장님은 어서 가라며 손을 내저었다. 절레절레 고개를 흔드는 그 모습이 왠지 모르게 뭉클했다. 인터뷰는 못했지만 실패라고만은 볼 수 없었다. 대한은 문을 닫는 원장님을 향해 고개를 숙였다.

　"감사합니다. 다음에 머리하러 올게요. 어머니 말고, 제가 하러 올게요."

대답은 없었다. 어느덧 미장원의 문은 굳게 닫혀 있었다.

미장원과, 골목 뒤에 오밀조밀하게 들어찬 술집들과, 밝고 넓은 이면도로로 이어지는 골목 어귀를 찬찬히 돌아보았다. 늘 지나다니던 길들이 오늘따라 새로웠다. 인터뷰를 하지 않았더라면 결코 느낄 수 없었을 감정이었다. 평범한 사람들의 삶이 모여 만들어진 길을 걷고 있다는 사실이 새삼 벅찼다. 마치 새로운 세상처럼 보였다.

그때 미장원 쪽에서 원장님의 목소리가 들려왔다.

"저기 백반집 한번 가봐요! 그 언니는 아마 인터뷰 잘해줄 거야."

원장님이 말하는 가게가 어느 가게인지 알 것 같았다. 대한 역시 이미 여러 번 가본 적이 있는 식당이었다. 대한은 멀리 원장님을 향해 다시 한번 고개를 숙이며 백반집에 가봐야겠다고 생각했다. 단골이라고 가끔씩 계란 프라이 하나씩을 더 얹어주던 사장님의 얼굴이 떠올랐다.

'스터디 카페 내 취식 금지'라는 규칙을 세운 장본인인 대한은 근무중엔 외식을 하거나 식사를 참았다. 여태껏 살면서 점심이나 저녁을 이렇게 많이 걸러보기는 또 처음이었다. 게다가 통장 잔고를 보면 있던 입맛도 싹 사라졌다. 몸 쓰는 일을 하지 않으니 조금 먹어도 하루를 버틸 수 있었다.

큰길로 나오니 스터디 카페가 보였다. 그나마 며칠 전보다는 매출이 괜찮았다. 스터디 카페에 들어서면서 키오스크를 살폈다. 사용중인 좌석은 총 스물아홉 석이었다. 수험생들에겐 미안하지만 그들이 수능을 매달 치렀으면 좋겠다는 생각이 들었다.

◇◇◇◇

지하실로 걸음을 옮겼다. 잊고 있다가 요즘 문득 깨달았는데, 어둡고 을씨년스러운 지하실 역시 대한이 사용할 수 있는 공간이었다.

제3장

사업을 하나 더 하기로 결심한 건
더 멍청한 생각이었다

지하 사업장

월세 220만 원 중 40만 원은 지하실 지분이었다. 더 정확히 말하자면, 부가세까지 44만 원이 지하층의 지분이었다. 대한이 우선 스터디 카페라도 살리고 보자는 생각에(사실은 지하실은 그저 덤일 뿐이라는 마음에, 더 솔직하게 말하자면 지하층까지 인테리어 할 돈이 없어서) 내려가볼 생각조차 하지 않았던 지하는 미지의 수익 창출 공간일 것이 분명했다.

계약할 때 받은 열쇠로 지하실 문을 열었다. 전등 스위치는 먹통이었다. 분전함도 보이지 않았다. 대한은 어쩔 수 없이 핸드폰 플래시를 켜 앞을 밝혔다.

한때 동네 PC방이 자리했었다는 지하실은 마치 건설 폐기물 처리장 같았다. 처음 오픈했을 땐 1시간에 2000원을 받았다는 지하 PC방은 주변 경쟁업체들의 난립에 시간당 가격을 1500원으로, 다시 1000원으로 내렸는데, 길 건너 신형 컴퓨터 삼백 대를 구비한 대형 PC방이 개업하며 결국 문을 닫았다고 했다. 폐업 직전에는 시간당 요금이 단돈 500원도 아닌 무려 300원이었던 모양이었다. 스터디 카페의 미래 역시 300원으로 맞이하는 끝은 아닐지, 두려웠다. 급격한 물가 상승이 우려된다는 뉴스가 하루가 멀다 하고 흘러나오던 날들이었다. 서울의 집값은 너희 따위의 월급은 처음부터 고려 대상이 아니었다는 듯 대류권을 뚫고 성층권 너머까지 치솟은 후였다. 이미 2000원에서 1500원으로 시간당 요금을 내린 스터디 카페의 요금표가 대한의 눈앞에 아른거렸다. 더이상은 가격 인하를 하지 않고 다른 활로를 찾아야 했다. 그리고 꽤 쓸 만한 생각이 떠오를 때까지 어떻게든 버텨야 했다.

　빛이 들지 않아 한기가 드는 지하엔 부서진 책상들과 수납장, 실수로 앉았다가는 뒤로 넘어갈 것 같은 의자들이 열댓 개 남아 있었다. 바닥엔 찌꺼기가 눌어붙은 컵라면 용기와 나무젓가락이 굴러다녔다. 우유를 엎은 것 같은 허연 얼룩도, 커피를 엎은 것 같은 꺼먼 얼룩도 군데군데 눈에 띄었다. 그중에서도 가장 불쾌했던 건 한쪽 구석에 가지런히 놓여 있는 빈 소주병

들과 고양이 사체였는데, 굳게 잠겨 있을 줄 알았던 장소에 그 동안 누군가 들락거렸을 수도 있겠다는 생각을 하니 발끝부터 뒷목까지 소름이 돋았다. 하필 건물 관리인이 따로 없는 건물 이었다.

건물주에게 전화를 걸었다. 아무리 관리인이 없는 건물이라 해도 이 정도 월세엔 최소한의 건물 관리 비용이 포함되어 있 는 것 아닌가.

"저 삼층 스터디 카페 임차인입니다. 지하 때문에 여쭐 게 있 어서요."

"지하에 무슨 문제라도 생겼나요?"

"그건 아니고요. 사실 지금까진 딱히 지하층을 이용하지 않 고 있다가 오늘에서야 내려와봤습니다. 그런데 여기 치워놓지 도 않으셨네요? 이전 가게 폐업한 이후로 그냥 방치된 것 같은 데요?"

"PC방 나간 게 도대체 언제야. 어머, 벌써 십 년이나 됐네요."

무려 십 년 가까이 누구의 선택도 받지 못한 장소였다. 그런 장소에 들어온 얼뜨기 임차인이 바로 자신이라는 생각에 대한 은 눈앞이 아찔했다. 이런 심정을 알기나 하는지 임대인은 처 음 만난 그날처럼 우아하고 여유로운 목소리로 대답했다.

"PC방 월세랑 관리비가 많이 밀렸었어요. 그때 사장님이 컴

123

퓨터들 중고로 팔아서 새 임차인 들어오기 전까지 꼭 원상 복구해주겠다고 약속하셨는데. 아직도 그대로인가봐요?"

기분이 나빠졌다.

"그러니까 전화를 드렸죠. 인테리어 해야 하는데 공실 상태가 이러면 저보고 뭐 어떻게 하라는 말입니까? 이런 건 세주기 전에 미리미리 치우셨어야죠."

"이전 사장님이 원상 복구는 꼭 본인이 하겠다고 누차 말씀하셨거든요. 어쨌든 폐기물은 제가 치워드릴게요. 혹시 철거도 필요한 것 있나요?"

PC방이었기에 다행히 철거가 필요한 구조물은 따로 없었다. 카운터 뒤 창고도 요긴해 보였고, 매장 안에 있는 남녀 화장실도 마음에 들었다.

"아니요. 영업을 할 수 있게 이 쓰레기들만 치워주시면 됩니다. 하루라도 빨리요."

"그럼 제가 오늘 폐기물 처리 업체에 전화해볼게요. 사장님, 거기 PC방이었어서 전기 증설은 정말 기가 막히게 잘되어 있어요. 원하시는 업종 다 하실 수 있을 정도로요. 인테리어 새로 한다고 하셨으니 그럼 폐기물까지만 제가 처리해드리는 걸로. 괜찮으시죠?"

다른 말로 하면 이후의 청소와 기본 도배, 페인트칠은 네가 하라는 이야기였다. 새로 꾸미기 적합한 새하얀 상태로까지는 만들어줄 수 없다는 소리였다. 전기가 빵빵하다는 말을 굳이 꺼낸 것 역시 그가 폐기물 처리 이상을 요구할까봐 미리 선수를 친 것이 분명했다. 세상 너그러운 듯하던 임대인도 돈에 관해서는 누구보다 빠삭한 임대업 전문가였다.

하지만 대한은 그 정도면 만족했다. 폐기물 양이 어마어마해서 1톤 트럭이 적어도 한 대 이상은 필요할 터였다. 폐기물 처리용 1톤 트럭은 한 대만 불러도 20~40만 원이 들었다. 처음부터 안 될 수도 있겠다고 생각하고 건 전화였다. 전화 한 통으로 지하실 한 달 월세를 벌었다. 이게 뭐라고 뿌듯했다.

지하에 사업자를 낼 수 있는 업종은 많지 않았다. 조금 더 포장 없이 말해보자면 지하에 업장을 차려 성공시킬 수 있는 아이템이 많지 않았다. 부끄러울 정도로 솔직하게 고백하자면 지하에 업장을 차려 성공시킬 수 있을 정도의 시드를 갖고 있지 않았다. 대한에겐 돈이 없었다. 여유 자금이 아예 없진 않았지만 새 사업을 시작하기엔 터무니없이 부족한 금액이었다.

그럼에도 공간을 놀릴 수는 없어 머리를 쥐어짰다. 가장 먼저 떠오른 창업 아이템은 코로나로 특수를 맞은 배달 음식업이었다. 홀 없이 배달만 하는 가게라면 인테리어에 큰돈이 필요하지 않을 터였다. 남들에게 보이는 곳이 아니니 바닥 방수 타일은 직접 깔아도 될 것 같았다. 하게 된다면 벽과 천장엔 방수페인트를 직접 칠해볼 생각이었다. 지난번에 화장실 가벽에 작업을 해보니 페인트칠은 생각보다 제법 그의 적성에 맞았다.

곧바로 타일 가격을 알아보았다. 보통 식당은 포슬린 타일이나 폴리싱 타일로 바닥을 시공했다. 에폭시 시공은 쉽게 갈라질 수 있어 방수가 중요한 식당 주방에는 추천하지 않는다고 했다.

당연하게도 타일은 클수록 가격이 비쌌다. 문제는 가격이 크기가 커지는 만큼만 올라가지 않는다는 것이었는데, 600×600밀리미터 두 장을 이어 붙인 크기의 타일 가격은 600×600밀리미터 타일 한 장 가격의 열 배도 넘었다. 타일은 한 박스에 보통 네 장이 들어 있어, 지하실 전체에 깔려면 약 이백삼십 박스가 필요하다는 계산이 나왔다. 구석구석 자투리 면적을 생각해 이백오십 박스라 어림잡고 비용을 계산하니 타일값만 700만 원이 넘어갔다. 원하는 디자인이 아닌 최저가로 찾고 찾아도 300만 원 이하로 가격을 다운시키기란 불가능했다. 덕트 공사를 하고, 냉장고와 가스레인지를 사고, 조리대와 집기류까지 마련할 생각을 하니 앞이 까마득했다. 45박스짜리 업소용 냉장고 한 대도 새것을 사려면 100만 원, 중고로 사도

40만 원이었다. 가스레인지는 중고로 하나에 10~20만 원 선이면 살 수 있을 것 같았지만, 배달 전문이면 불 나오는 구멍이 하나로는 어림도 없을 게 뻔했다. 작업대와 싱크대까지 알아보다 대한은 쥐고 있던 펜을 놓았다. 집기류까지 생각하면 최소 1000만 원 단위가 넘어가는 공사였다. 아직 재료비는 계산에 올리기도 전이었다.

위드 코로나 이후 그래도 스터디 카페를 찾는 사람들이 늘었다. 따로 기술이 필요하지 않은 이 일도 초짜와 업자가 구분되는데 무려 식당이라니, 참 겁도 없었다. 생각해보면 그는 할 줄 아는 요리도 변변치 않았다. 식당 주방에서 아르바이트 한 번 안 해보고 요식업계에 뛰어들 생각을 하다니. 어쩌면 시작조차 하지 않는 게 돈을 버는 길 같았다. 그렇게 대한은 요식업 창업을 포기함으로써 수천만 원을 세이브했다.

새로운 아이디어를 위한 시장조사가 필요했다. 대한은 밖으로 나가 동네 지하상가를 돌며 관찰을 시작했다.

지하층의 큰손은 뭐니 뭐니 해도 유흥과 관련된 업장들이었다. 일반 노래방과 코인 노래방들은 영업을 중단한 곳이 많아 보였지만 불법 업소들은 코로나의 공격을 꽤나 잘 방어해낸 듯했다. 반면 룸살롱이나 단란주점은 그대로 나자빠진 모양

새였는데, 백이면 백 소비자에게 거부당한 게 아니라 코로나로 인한 규제 때문이었다. 예전이라면 그저 '망했네' 혹은 '망하겠네' 하며 지나쳤을 업장들의 월세와 공과금이 대한의 머릿속에 훤히 그려졌다. 이전에 많이들 벌어놓으셨을 테니, 하며 걸음을 옮기다가도 이전에 많이 벌었으면 지금은 망해도 되는 건가, 하는 생각에 다리 힘이 풀렸다. 이층 이자카야 사장님이 떠올랐다. 고인을 죽음으로 내몬 노래방 간판이 불이 꺼진 채여전히 건물 외벽에 달려 있었다.

PC방, 당구장, 색소폰 동호회 연습실 등의 취미 공간, 교회 같은 종교 시설 역시 지하층에 자리잡고 있는 큰손이었다. 조금 더 둘러보자 노동 공간으로서의 지하가 시야에 들어왔다. 낡은 건물의 가파른 계단 밑에는 수건, 목장갑, 티셔츠 등을 만드는 영세한 기업들이 수도 없이 자리하고 있었다. 그런 작업장이 위치한 건물에는 여지없이 계단과 외벽 사이에 환풍기 하나가 달달거리며 돌아가고 있었는데, 난쟁이가 쏘아올린 작은 공이 있다면 분명 이곳에 떨어졌을 거라는 생각이 들었다. 70년대를 걷고 있는 기분이었다. 아니, 사실 70년대는 겪어본 적이 없으니 90년대를 걷고 있는 기분이었다.

그러다 헛웃음이 났다. 코로나 이전에 명동 노점상들에 대해 들은 풍문 때문이었다. 이분들 역시 퇴근할 때는 벤츠 S클

래스를 탈지도 모르지, 하는 생각이 들면서 웃음을 멈출 수가 없었다. 제정신이 아니었다. 다음 상담 땐 그냥 약을 달라고 말해야겠다 싶었다. 이럴 땐 아무 생각 없이 할 수 있는 일을 해야 했다. 정신을 차릴 겸 화장실 청소라도 해야겠다고 마음을 다잡으며, 대한은 스터디 카페를 향해 걸음을 재촉했다.

스터디 카페에 상주한다는 것은 곧 멍때릴 수 있는 시간이 무한정이라는 의미였다. 여유롭게 독서를 하지도, 종류 무관 자격증 공부를 하지도 않을 것이라면 내내 넷플릭스만 봐야 한다는 소리였다. 인터넷에 올라온 오늘자 기사들을 정독하고, 몇몇 커뮤니티에 올라온 새 글도 모두 섭렵했다. 그러고도 시간이 남으면 다시 넷플릭스를 켰다. 그마저도 지겨워지면 일어나 환기를 하고 청소를 시작했는데, 사장이 너무 자주 돌아다니면 고객들이 불편해해 청소 도구를 들었다가도 가끔은 눈치껏 자리로 돌아와 앉았다. 다른 눈치는 안 봐도 고객 눈치는 봐야 사장이었다. 세상에서 제일 무서운 게 뿔난 고객의 별 한 개와 주변 사람들까지 줄줄이 끌고 나가는 악몽 같은 환불 요구였다.

그렇게 다시 인터넷 창을 열었을 때였다. 광고창 하나가 대한의 눈에 들어왔다.

'피로 산업에 투자하세요.'

피로?

하긴 현대인들에게 피로는 가장 떨쳐내고 싶은 대상인 동시에 평생을 함께할 수밖에 없는 영원한 동반자였다. 대한 역시 고등학생 때부터 항상 피로와 함께해왔다. 학교나 직장에 다닐 땐 딱 1시간만 누워서 잘 수 있다면 얼마나 좋을까 하는 꿈을 매일같이 꿨다. 피로는 집안에서도 밖으로 나와서도 떼려야 뗄 수 없는 징글징글한 놈이었다.

그렇다. 사람들은 쉬고 싶어한다. 돈 때문에 몇 날 며칠을 통으로 쉬진 못하더라도 딱 10분만, 아니 현실적으로 1시간만이라도 누워서 편히 자고 싶어한다. 엎드려서 자는 것이 아닌, 자리에 앉아 꾸벅꾸벅 조는 것도 아닌, 머리를 바닥에 대고 편히 누워서 자는 잠. 외근을 나왔을 때 1시간, 학원에 가기 전에 1시간, 덥거나 추울 때, 배달이 잘 잡히지 않는 시간에 1시간 잠을 청할 수 있는 공간이 있다면……?

수면 사업에 대해 빠르게 서칭을 시작했다. 수면 사업은 스터디 카페와 같은 자유 업종이었지만 스터디 카페처럼 하루가 멀다 하고 공급이 쏟아지는 레드오션이 아니었다. 이 동네, 우리 구, 더 멀리 있는 상권까지 쥐 잡듯이 뒤져봐도 수면방은 없

었다. 범위를 서울 전체로 넓혀봐도 모텔은 넘쳐날지언정 수면
방은 거의 없었다. 눈이 번쩍 뜨였다. 수면방이야말로 진정한
블루오션이었다.

이렇게 코로나와 함께 일상을 회복해가던 어느 날, 지하실
의 용도가 갑작스레 결정되었다.

'집중력을 되찾을 수 있는 수면방.'

이제부터는 비용 싸움이었다. 지하실로부터 수익을 창출해
내기 위한 싸움을 시작할 시간이었다.

PART 6 다시 대출

돈이 없었다.

통장 잔고가 0을 찍은 것은 아니었다. 하지만 살아남기 위해
선 최소한의 생활 비용이라는 것이 필요했다. 아무것도 안 하
고 숨만 쉬고 살아도 매달 100만 원이 넘는 돈이 필요했다. 정
말 숨만 쉬고 사는데 왜 그렇게 많은 돈이 필요한지 도무지 이
해가 가지 않았다. 회사에 다닐 땐 그렇게 많아 보이지 않던
100만 원이 지금은 달리 보였다. 지하 리모델링을 위해서는 아
끼고 또 아껴야 했다. 문제는 아무리 아껴도 인테리어 할 돈이
모이지 않는다는 데 있었다.

11월부터 단계적 일상 회복이 시작되었다. 1단계는 4주 + 2주(4주 운영 후 2주간의 평가 기간)로, 늦어도 12월 중순이 되면 대규모 행사도 가능한 2단계가 시작될 거라고 했다. 2022년 봄쯤이면 사적 모임에 가해지는 제재도 모두 풀릴 것이라는 설명이 이어졌다. 대한에게 중요한 건 1단계였다, 스터디 카페는 코로나 전파 위험도가 낮은 산업군으로 분류되어 1단계부터 실내 취식을 제외한 모든 제재가 해제되었다. 백신을 맞지 않은 사람이 칸막이 없는 좌석에 앉으려 할 때는 다른 사람과 한 칸을 띄우고 앉아야 했지만 개업할 때부터 전 좌석에 칸막이를 설치했었기에 대한에겐 딱히 의미가 없었다. 그래도 혹시 몰라 부착형 칸막이를 스무 개 더 구매했다. 다닥다닥 붙어 앉아도 칸막이만 있으면 괜찮았다. 물론 실제로 괜찮은지는 알 수 없었지만 그런 건 중요하지 않았다. 인원을 몇 명까지 받을 수 있는가, 수익을 얼마나 창출할 수 있는가, 그것이 포인트였다. 먹고사는 문제가 달려 있었다. 정책 하나에 수백만 명의 목숨이 대롱대롱 매달려 있었다.

단계적 일상 회복을 맞아 스터디 카페엔 숨통이 트였다. 학생들이 하나둘 스터디 카페로 되돌아왔고, 여전히 11만 원을 벗어나지 못한 4주 기간권도 꽤 팔렸다. 12월엔 기말고사도 있으니 잘만 하면 1000만 원대 매출을 노려볼 수도 있을 것 같았다. 경쟁업체들의 난립으로 개업 첫 달의 2000만 원이란 매출은 더이상 꿈꿀 수 없는 과거가 되어버렸다. 학령인구는 줄어든다는데 이 동네 스터디 카페는 자꾸만 그 수가 늘어갔다. 다 같이 죽자는 뜻인지, 스터디 카페 산업에 뛰어드는 사람들이 이해가 가지 않았다.

돈 나올 구멍이 필요한 사람은 대한뿐만이 아니었다. 손발을 모두 묶인 채 바다에 내던져진 자영업자가 수십만이었다. 그들에겐 당장 급전이란 이름의 구명조끼가 필요했다.

2차 재난지원금, 3차 재난지원금(버팀목자금), 4차 재난지원금(버팀목자금 플러스), 5차 재난지원금(희망회복자금)이 한 번에 200~300만 원씩 지급되었지만 언 발에 오줌을 누고 나면 돈은 금세 사라지고 없었다. 그나마 스터디 카페는 시간 단축 영업제한에 해당되는 업종이어서 200~300만 원을 받았지, 애매하게 인원 제한에 걸린 곳들은 그마저도 받지 못하거나 받더라도 수십만 원이 다였다. 뉴스에 나오는 것처럼 희망회복자금을 2000만 원까지 받으려면 1년 매출액이 4억 이상이면서 집합금지 명령으로 6주 이상 장기간 영업을 금지당했어야 했다. 연매출 4억이 나오려면 한 달 매출이 평균 33,333,333원, 하루 매출은 최소 1,111,111원이어야 한다. 그 정도 사이즈의 가게가 6주 이상 강제 셧다운되었다면 피해는 이미 수천이 아닌 수억일 것이었다. 그럼에도 불구하고 대한은 나랏돈을 받는 다는 사실 때문에 눈치가 보였다. 그래서 사업하는 사람이 아닌 사람들하고 대화할 때는 자기도 모르게 재난지원금 이야기를 피했다. 분명 권리를 침해받아 받는 돈이었는데, 적선받는 기분이 들었다. 물론 괜한 자격지심이었다.

중요한 건 일 년에 두세 번 주는 200~300만 원으로는 결코 영업제한으로 인한 손실을 메울 수 없다는 사실이었다. 국가에서는 손실을 보상해준다고 했지만 무엇 때문인지 그에게 떨어진 손실보상금은 고작 10만 원이었다. 억울하다는 성토가 난무하던 자영업자 커뮤니티에서 '저신용 직대'라는 단어를 본 것은 그즈음이었다. 국가가 신용이 낮은 자영업자들에게 저리로 직접 대출을 해준다고 했다.

계산기를 두드려보았다. 대한의 현재 신용 점수는 982점이었다. 982점의 신용 점수로 대출이 가능한 금액은 1금융권에서는 물론 2금융권에서도 982만 원이 채 되지 않았다. 직장인이나 고소득 전문직이 아니어서 가장 억울한 때가 바로 이 순간이었다. 누구보다 돈이 절실한 자영업자들에게는 직장인들에게와는 달리 서러울 정도로 대출이 빡빡했다.

이런 상황에서 자영업자들 중 신용 점수가 나이스 기준 779점 (5등급)보다 낮은 사람들에게 국가가 최대 2000만 원까지 대출을 해준다고 했다. 금리는 어디서도 들어보지 못한 아름다운 이율, 고정금리 1.5퍼센트였다. 심지어 이 년 거치 후 삼 년 분할상환하는 조건이었고, 최초 육 개월은 이자 상환 유예까지 가능하다고 했다. 담보 없는 개인 사업자는 신용 점수가 990점이 아니라 9900점이어도 꿈꿀 수 없는 조건이었다. 뻘밭에 빠진 대한에게 동아줄을 내려준 것은 그 누구도 아닌 정부였다. 1000만 원도 대출할 수 없는 신용 점수라면 굳이 관리해야 할 필요가 없었다. 적어도 지금 그가 처한 상황에서는 정말 '그깟' 신용 점수 따위, 아무래도 상관없었다.

자영업자 커뮤니티에선 벌써부터 신용등급 내리는 방법 공유가 한창이었다. 캐피털 대출, 카드 현금서비스, 대부업체 대출 등 여러 가지 방법이 있었고, 그중에서도 가장 효과가 좋은 것은 대부업체 대출이었다. 떨리는 마음으로 TV광고로만 만나왔던 러시앤캐시 무 과장을 찾았다. 첫 대출액은 소소하게 100만 원이었다. 은행과 달리 절차가 너무 간단해 찝찝한 마음이 들었다. 이렇게 쉽게 돈을 빌려도 되나 하는 생각에 잠도 오지 않았다. 이틀 뒤, 신용 점수가 120점이나 뚝 떨어졌다. 아직도 83점이 더 떨어져야 했다.

한 큐에 해결된 사람도 많아 보였는데, 결국 신용 점수가 지나치게 높았던 것이 대한의 발목을 잡았다. 애타는 마음으로

리드코프를 찾아 100만 원을 더 빌리고, 여전히 2점이 부족해 카드사에서 30만 원 현금서비스를 추가로 받았다. 신용등급은 올리는 것도 어려웠지만 떨어뜨리는 것 역시 보통 일이 아니었다. 강제로 신용 점수를 떨어뜨리자 대출 신청이 가능해졌다. 영업제한이라는 권리침해를 받았음에도 세금까지 성실히 낸 훌륭한 시민이라며 국가로부터 작은 상장 하나를 받은 기분이었다. 내면의 불안이, 동시에 찾아오는 안도가, 그와 함께 고개를 들이미는 자괴감이 대한의 텅 빈 마음을 천천히 채워 나갔다.

소상공인 정책 자금 홈페이지에 회원가입을 한 대한이 떨리는 손으로 '저신용 소상공인 융자상품'을 클릭했다. 무사히 신청을 마쳤으니 이제는 센터에서 심사를 하고 오케이 사인을 내주기를 기다리기만 하면 되었다.

이렇게 일상이 회복되어가는구나 싶을 무렵, 코로나 확진자 수가 기하급수적으로 증가하기 시작했다. 이제 몇백 명 증가쯤은 놀랍지도 않았다. 새 사업을 시작하지 말았어야 하나 하는 불안감이 들 때면, '아니야. 위드 코로나잖아. 위드아웃 코로나가 아닌 위드 코로나' 하고 되뇌며 이리저리 부서지고 쪼개져 징그럽게 균열이 일어난 마음을 애써 다독였다. 전체 인구의

70퍼센트만 백신을 맞아도 집단면역이 생겨 일상을 영위할 수 있다는 말을 들은 지 아직 일 년도 지나지 않은 시점이었다. 그런데 국민의 80퍼센트 이상이 백신을 맞은 현시점에서도 한낱 자영업자인 대한의 매일은 막막하기만 했다. 계속해서 월세는 나가고 있었고, 신용 점수는 이미 200점 넘게 떨어진 상태였다.

저신용 직대가 입금되기까지는 2~3주가 걸린다고 했다. 염병할, 그깟 2000 다 필요 없다는 생각이 들다가도 그마저도 못 받으면 지금까지 입은 피해가 억울해서 견딜 수 없을 것 같았다. 이제 와서 수면방 사업을 물리기에는 이미 쓴 돈이 한 무더기였다. 2000만 원과 자존감을 맞바꾼 기분이었다. 그래서 더 포기할 수 없었다. 오기가 생겼다.

무엇이 그리 급했는지 지하실은 이미 천장 도배와 냉난방기 공사까지 마무리된 상황이었다. 쇠뿔도 단김에 빼라는 속담을 처음 만든 이를 찾아내 멱살부터 잡아야 했다. 그토록 무책임한 말을 만들어낸 사람이라면, 맨땅에서 자기 사업 한 번 일구어본 적 없는 온실 속 샌님일 것이 안 봐도 뻔했다.

무인 영업장,
그리고 백신 패스

기술의 발전은 자영업계에도 커다란 영향을 미쳤다. 지갑 두둑이 넣어 다니던 현금은 얇은 카드로, 카드는 다시 휴대폰 속 삼성 페이로 180도 모습을 바꾸었다. 사람들은 스마트폰을 이용해 어디서나 카카오 페이나 네이버 페이로 상품을 결제했다. 여러 장씩 갖고 다니던 포인트 카드들도 감쪽같이 핸드폰 앱 안으로 들어갔다.

언젠가는 신분증까지도 디지털화될 것이 분명한 세상에서 자영업자들은 인건비를 줄이기 위해 로봇을 고용했다. 그 말인즉슨 인간의 노동보다 자동화의 손을 들어주었다는 의미다. 주방에서 일할 직원을 구하는 대신 식기세척기를 들였고, 서빙 직원 몇 명을 두느니 로봇 하나를 구매했다. 캐셔들은 결제 도

우미 한 명으로 축소되었다. 어딜 가도 자판기와 키오스크가 보였고, 무인 편의점과 무인 아이스크림 판매점들이 우후죽순 생겨났다.

스터디 카페 역시 시류에 편승했다. 매장 분위기 관리, 정기권 판매 및 상담, 음료 제조, 환기, 청소, 비품 관리 때문에 완전한 무인 매장이 될 수는 없었지만 대부분의 스터디 카페가 무인 영업을 지향했다. 매일 매장에 출근하는 대한도 마찬가지였다. 회사에 다닐 때와 달리 근무시간에도 마음 편하게 밥을 먹으러 다니고, 병원에 가거나 인터뷰를 할 때면 누구의 눈치도 보지 않고 편하게 자리를 비웠다. 지하층 인테리어도 직접 할 수 있을 만큼 여유로웠다. 24시간 운영되지만 원하는 시간에 출근해서 원하는 시간에 퇴근할 수 있는 시간적 유동성이 있었다. 투잡 스리잡이 가능한 직종이었다. 마음만 먹는다면 다른 아르바이트를 겸할 수도 있을 것 같았다.

천장, 벽면, 조명, 출입문까지 인테리어가 완료된 지하층에서 대한은 음악을 크게 틀어놓고 손수 바닥 에폭시 시공을 했다. 업자를 부를까 했지만 유튜브 영상 몇 개를 보고 용기를 얻었다. 어차피 수면방이었다. 조명 조도를 최대한 낮출 거라서 금이 가거나 살짝 수평이 맞지 않아도 상관없었다. 물론 인건비를 아끼고 싶은 게 제일 큰 이유였다.

작업이 마무리될 즈음, 핸드폰이 울렸다. 대한은 자리를 비울 때면 매장 전화를 돌려놓았다.

"안녕하세요, 고객님. 집중력이 높아지는 스터디 카페입니다. 무엇을 도와드릴까요?"

"저 지난달에 4주 기간권 끊은 학생인데요. 백신 안 맞아서 환불하려고요."

갑자기 이게 무슨 소리인가. 당혹스러웠다. 스터디 카페는 마스크를 쓰고 공부를 하는 장소였다. 백신을 맞지 않아도 마스크 쓰기 등 방역수칙만 잘 지키면 상대적으로 안전한 곳이라 단계적 일상 회복 1단계에서 거의 코로나 이전과 같은 자유를 되찾은 곳이었다. 백신을 안 맞았다고 환불을 해달라니, 말도 안 되는 소리였다.

"죄송하지만 개인 사유에 의한 환불은 불가합니다. 기간권 자체가 워낙 할인이 많이 들어간 상품이라서요. 아마 처음에 결제하실 때 제가 설명도 드렸을 거예요."

"그건 그런데 스터디 카페도 백신 패스 적용 대상이잖아요. 전 백신 1차 맞고 너무 아팠어서 2차는 맞을 생각이 없어요. 그럼 남은 기간 환불해주셔야 되는 거 아니에요?"

처음 듣는 이야기였다. 갑자기 확진자 수가 치솟고 있다는 소식을 듣긴 했지만 백신 패스가 정확히 무엇인지, 왜 그것 때문에 스터디 카페에서 환불을 해주어야 하는지 머리가 빠르게 돌아가지 않았다. 새로 시작한 공사를 관리 감독하느라(이번엔 눈탱이 맞을 생각이 없었다) 매일 쏟아지는 뉴스 확인을 소홀히 했던 것이 실수였다. 국가적 재난 시기에 정보가 느리다는 것은 사업을 하는 사람에게는 범법 행위나 다름없었다.

과장이 아니라 실제로 범법 행위로 발전할 가능성이 컸다. 까딱하다간 벌금을 넘어 영업정지에까지 처해질 수 있었다. 하루아침에 세상이 그렇게 변해 있었다.

대한은 아직 확인을 하지 못해서 죄송하다고, 지자체에 물어본 후 곧바로 답변을 드리겠다고 대답한 뒤 핸드폰에서 다시 흘러나오기 시작한 음악을 조용히 껐다. 시계를 보니 오후 8시 37분이었다. 답답한 마음을 해소하려면 이틀이나 기다려야 했다. 하필이면 금요일이었다.

12월 3일 금요일, 방역 패스에 대한 새로운 정책이 발표되었다.

방역 패스, 다른 말로는 백신 패스.

방역 패스란 2021년 11월 위드 코로나를 시작하며 제도화시킨, 감염 위험이 높은 몇몇 업장들을 이용하기 위해 발급받아야 하는 일종의 백신 증명서였다. 2차(얀센은 1차) 접종 완료 후 2주가 지나면 COOV(백신 접종 증명) 앱을 통해 자신이 백신 접종 완료자임을 확인할 수 있었는데, 이 증명서는 네이버나 카카오의 QR과 연동되었다. 사람들은 QR을 통해 자신이 백신 접종 완료자임을 증명하고 코로나 감염 위험이 상대적으로 높은 시설들을 이용할 수 있었다.

코로나 감염 고위험 업종으로 분류된 유흥업소나 노래 연습장, 목욕탕, 실내 체육시설 등이 방역 패스 적용 대상이었다. 방역 패스가 없으면 해당 업소들을 이용할 수 없었다.

대한이 방역 패스에 대해 이렇게 자세히 알게 된 것은 환불 문의 전화를 네 통이나 받은 후였다. 인터넷에 올라온 기사들을 몇 번이나 정독한 후에야 어떤 방식인지를 완전히 파악할 수 있었다. 대충은 알고 있었지만 내 일이 아니라는 생각에 빠삭하지는 못했던 새로운 규제였다. 백신 미접종자의 경우 48시간마다 PCR 음성 증명서를 새로 갱신해야 한다는 것 역시 새로 알게 되었다. 대한은 아무리 머리를 굴려보아도 갑자기 바뀐 상황이 이해가 되지 않았다. 왜 스터디 카페가 방역 패스 대상에 포함되어야 하는지, 믿을 수가 없었다.

더 큰 문제는 방역 패스의 적용 대상이 만 18세 이상에서 만 12세 이상으로 조정된 것이었다. 대한은 서둘러 우리나라 청소년들의 백신 접종률을 찾아보았다. 2021년 12월 3일 기준 약 30퍼센트의 청소년이 2차까지 백신을 맞았다는 기사가 보였다.

30퍼센트.

……30퍼센트.

………………………30퍼센트!

다른 날보다 늦은 시각까지 카운터를 지킨 대한은 마지막으로 귀가하는 고등학생을 붙잡고 말을 걸었다. 다짜고짜 혹시 백신을 맞았느냐고 물었다.

학생은 갑작스러운 물음에도 기분 나쁜 기색 하나 없이 답을 해주었다.

"저는 백신 맞았는데 저희 반에는 안 맞은 애들도 꽤 있어요. 걔네들도 학원 방학 특강 들을 거면 기말 끝나고는 맞지 않을까요? 중학생이요? 중학생은 잘 모르겠는데요. 그런데 많이는 안 맞는 분위기래요. 부모님도 동생한테는 급한 일 아니면 맞지 말라고 하셨어요."

현장의 최전선에 있어서 들을 수 있는 생생한 정보였다. 고마운 학생에게 팔리지 않은 쿠키 하나를 쥐여주었다. 잘 먹겠다며 인사를 하는 학생의 눈빛에 대한에 대한 동정이 묻어났다. 비참했다.

'집중력이 높아지는 스터디 카페.'

고르고 고른 가게 자리가 하필이면 중학교 근처였다. 세 블록 거리에 여고 하나가 있긴 했지만 고작 일 년 사이에 그 주변으로만 스터디 카페가 두 개나 새로 문을 열었다. 이 정도면 레드오션도 아니고 블랙오션이었다. 경쟁 업체들만 생각하면 멀쩡하던 속도 걸레짝처럼 문드러졌다. 상도가 사라진 세상이었다. 새로 생겨나는 스터디 카페를 볼 때마다 없던 병도 생기는 기분이었다.

침착하자. 흥분한다고 해결되는 일은 아무것도 없다.

그렇다면 살길은 학원이었다. 대한민국 학생이라면 스터디 카페는 안 다녀도 어떻게든 학원은 등록할 것이었다. 청소년 방역 패스는 2월부터 시작한다고 하니 그사이에 학원과 학부모가 힘을 합쳐 대한민국 사교육 시장의 힘을 보여줘야 했다. 대한은 지원사격을 할 만반의 준비가 되어 있었다. 사실상 전 재산을 들이부은 사업이었다. 이렇게 가만히 앉은 채로 망해가는 걸 지켜보고만 있을 순 없었다.

방역 패스를 시행하겠다는 발표에 환불이라는 반응이 빠르게 돌아왔다. 굳이 수능이 아니라 하더라도 보통 수험생들은 짧은 하루를 아껴 쓰고 쪼개 쓰는 부지런한 사람들이기 때문이다. 그런 수험생들이 혹시 모를 부작용을 감내하며, 혹은 며칠이나 고열에 시달릴지도 모르는 시간 손실의 위험을 감수하며 백신을 맞지는 않을 터였다.

방역 패스는 당장 돌아오는 12월 6일 월요일부터 시행된다
고 했다. 대비할 시간이 없었다. 아무리 머리를 쥐어짜봐도 미
접종자 고객들을 잡을 수 있는 방법이 없었다(물론 계도 기간이
일주일 있기는 했다. 하지만 1차 접종 후 3주가 지나야 2차 접종을 할
수 있고, 그로부터 2주가 더 지나야지만 백신 접종 완료자였다. 우리
스터디 카페에 재등록하기 위해 고객이 5주 동안 인내해주기를 바라
는 것은…… 욕심이었다).

월요일이 되자마자 대한은 구청 담당자에게 전화를 걸었
다. 어렵게 연결이 된 담당 주무관은 자신들 역시 언론을 통해
나간 정보 이상은 알지 못한다는 뻔한 답변을 들려주었다. 언
제든지 불시에 점검을 나갈 수 있으며 방역 패스가 제대로 이
행되지 않을 시 1차 적발에 벌금 150만 원, 2차부터는 300만
원이며 운영 중단 행정처분이 4회 반복될 경우에는 폐쇄명
령…… 등의 내용이 담긴 공문을 앵무새처럼 거듭 읽어줄 뿐
이었다. 스터디 카페는 무인으로 운영될 때가 많은데 이런 업
종은 어떻게 하느냐는 질문에는 "그건 알아서 하셔야 한다, 접
종 완료 QR을 확인할 직원이 항상 있어야 하고, 그러지 못할
경우 방역 위반이 적발되면 1차엔 벌금 150만 원"이라는 설명
만 도돌이표처럼 되돌아왔다.

통화 중간중간 계속해서 나오는 한숨, 힘없는 목소리, 우리도 아는 것이 이렇게밖에는 없다는 자조 섞인 대답……

어쩌면 상대 역시 알고 있는 것이 정말 없을 수도 있었다. 오늘 하루, 같은 내용의 전화를 얼마나 많이 받았을까 하는 생각에 안쓰러운 마음도 들었다. 하지만 자영업자에게 정부는 본청이고 대기업이었으며, 실무진이고 권력자였다. 적어도 구청 직원들은 코로나와 관계 없이 월급을 받았다.

월급.

돈 생각을 하자 갑자기 미안한 마음이 싹 사라졌다. 이대로라면 12월은 꼼짝없이 적자였다.

그럼 나는 땅 파서 장사하라는 말이냐는 소리가 절로 나왔다. 담당 주무관은 1회 적발시 150만 원이라는 이야기를 다시 반복하기 시작했다.

결국 화를 내고 말았다. 상대가 하는 말이 무슨 말인지 이해했음에도 대한은 고분고분 전화를 끊을 수가 없었다.

스터디 카페에 처음 와본 대한의 어머니는 놀란 표정을 숨기지 못했다. 생각했던 것보다 매장이 크고 번듯해서였다.

시설업인 스터디 카페는 다른 업종보다 인테리어가 중요했다. 공부하는 장소에 무슨 인테리어냐 생각할 수도 있지만 잠만 자지 않을 뿐 모텔과 비슷했다. 시설이 좋거나 가격이 저렴한 업장이 나타나면 고객들은 우르르 그곳으로 몰려갔다. 시설이 좋은데 가격까지 저렴하다면 더이상 고민할 이유가 없었다. 오래된 스터디 카페가 새로 오픈하는 스터디 카페를 이기기 힘든 이유였다. 대한은 새로 스터디 카페를 여는 사람들 역시 이 시기엔 적자를 면하지 못할 거라는 확신으로 애끓는 마음을 그나마 가라앉혔다. 사람이 이렇게 간사했다. 혼자 힘들면 죽을 것 같았지만 남도 힘들면 이겨낼 힘이 생겼다.

대한은 혼자서는 핸드폰에 앱 하나 깔지 못하는 어머니에게 키오스크 작동법, 음료 주문받는 법, COOV 앱에 있는 정보를 QR에 연동시키는 법 등을 알려드렸다. 몇 번이나 같은 것을 묻고 또 물어보던 어머니는 잘할 테니 걱정 말고 눈이나 좀 붙이고 오라며 대한의 등을 떠밀었다. 방역 패스가 시작된 12월 6일이었다. 24시간 운영하는 스터디 카페에 날벼락처럼 방역 패스가 적용되었다.

스터디 카페 방역 패스의 핵심은 다름 아닌 백신 접종 완료 확인이었다. 영화관과 달리 입장과 퇴장 시간이 정해져 있지 않은 스터디 카페는 놀이동산처럼 드나드는 시간이 자유로웠다. 다만 놀이동산과는 다르게 24시간 운영되었고, 또 출입하는 모든 사람의 백신 접종 완료 여부 혹은 48시간 이내의 PCR

음성 확인서를 확인해야 한다는 규제가 있었다. 그 말인즉슨 24시간 매장에 사람이 상주해야 한다는 이야기였다. 하루 매출이 5만 원도 되지 않는 요즘이었다. 차마 아르바이트생을 고용할 엄두가 안 났다. 국가가 백신 접종 관련 개인정보를 카카오나 네이버가 아닌 키오스크 업체에는 넘겨줄 수 없다 하여 키오스크로 백신 접종 여부를 확인할 수 있는 길은 아직 없었다. 대한이 장고 끝에 어머니를 가게로 모시게 된 이유였다. 언제 규제가 끝날지 모르는데 주 7일 24시간 근무에 도전할 수는 없었다(영업시간을 줄이면 환불 요구가 더 늘까봐 시간은 줄이지 못했다).

집에 도착한 대한은 따뜻한 물에 샤워를 하고 암막 커튼도 친 후 침대에 누웠다. 하지만 잠이 오지 않았다. 잠이 부족해 지독한 두통에 시달리면서도 그랬다. 머리가 깨질 것 같았지만 방법이 없었다. 수면제를 처방받아볼까도 생각해봤지만 너무 푹 잠들어 어머니가 새벽까지 매장을 지키게 될까봐 두려웠다. 그럴 수는 없었다.

대한은 말똥말똥한 눈으로 불면증이 생긴 원인을 곰곰이 생각해보았다. 아무리 생각해봐도 만병의 원인은 돈, 또 돈이었다. 4주 기간권 갱신이 가뭄에 콩 나듯 하는 요즘, 지난주 환불 금액만 86만 원이었다. 오픈 초기 하루 최대 100만 원도 찍었던 매출이 12월 들어서는 5만 원도 채 되지 않았다. 겨울이 비수기이긴 하지만 그래도 기말고사까지는 손님이 좀 있어야 하는 게 정상 아닌가.

이런 생각을 하자 또 머리가 지끈거렸다. 그렇게 잠들지 못하고 누워 있은 지 2시간이 넘어갈 무렵이었다. 정적을 깨뜨리는 오토바이 배기 소리가 들려왔다. 배기에 대단히도 힘을 줘 튜닝을 한 오토바이였다.

더럽게 시끄럽네. 꼭 저렇게까지 튜닝을 해야 하나? 그래야만 먹고살 수 있나? 참, 그러고 보니 요즘 배달은 한 건당 얼마나 받으려나? 회사원이나 공무원들도 퇴근 후에 배달 알바를 한다던데. 잠이 안 올 때나 출퇴근할 때 짬짬이 배달이나 해볼까? 어차피 스터디 카페 손님들은 최소 1시간 이상은 머무르니 내가 중간중간 들러서 QR만 확인하면 되잖아. 배달하다 손님이 오면 매장에 들어가서 백신 접종 완료 확인을 하고. 요즘 하루 매출이 5만 원도 안 나오는데 그렇게 틈틈이 배달을 하면 꽤나 쏠쏠하겠는걸? 배달 사이사이 들어가 COOV 앱 확인을 하고, 나올 때는 수면방 소독도 하고. 그래, 배달이네. 어떻게든 버틸 길은 있었던 거야.

기나긴 생각 끝에 까무룩 잠이 들었다. 겨우 3시간 자고 일어났지만 돈을 벌 생각에 단전에서부터 힘이 차오르는 느낌이었다. 이번주가 가기 전에 새로 올려야 할 인터뷰가 걱정이었지만 잠이나 밥시간을 줄여 해결하면 될 일이었다. 자기 일처럼 발 벗고 나서준 횟집 사장님에게 고마워서 정신건강의학과는 꾸준히 다닐 생각이었다.

어느덧 대한이 가게를 비운 지도 8시간째였다. 핸드폰에 코를 박고 배달 대행업체 검색을 하며 걷다보니 어느덧 매장 앞이었다. 투명한 출입문 너머로 어머니가 보였다. 데스크를 비추는 희미한 조명 아래 어머니가 있었다. 핸드폰 사용에도 익숙하지 않은 어머니는 다이소에서 산 5000원짜리 의자에 그저 오도카니 앉아 있었다.

제4장

너무 보통의
자영업자 이야기 2

오첩백반

백반집의 하루는 오전 4시 30분부터 시작된다. 아침 장사를 포기하면 새벽잠을 얻을 수 있겠지만 도시락 메뉴를 만든 이상 감수해야 하는 부분이 있다고 했다. 근처에 작은 공사 현장들이 꾸준히 생겼다 사라지는 것도 새벽부터 영업 준비를 해야 하는 또하나의 이유였다. 큰 건설 현장엔 함바집이 따로 있지만 꼬마빌딩이나 빌라를 짓는 현장엔 그렇지 못했다. 장부에 적어놓고 식사를 하는 밥집이 필요했다.

그래서 사장님은 새벽부터 일을 했다. 인터뷰는 아침과 점심 사이, 사장님의 애매한 식사시간에 맞추어 진행되었다.

대한   새벽부터 나오셨다는 이야기를 들었습니다.

사장님 그거야 매일 하는 일인데요.

대한 처음부터 새벽에 출근하셨던 걸까요?

사장님 그 처음이 혹시 가게를 처음 시작했을 때를 말하는 건 가요? 그렇다면 그건 아니에요. 장사 처음 시작할 때는 오전 8시나 9시경에 출근해서 점심 장사부터 준비했어요. 그러다 요 앞에 건물 올릴 때 건축사무소에서 와서 물어보더라고요. 일하시는 분들이 아침을 드셔야 하는데 주변에 식당이 마땅치가 않다고. 밥하고 국, 반찬 몇 개 해서 아침 장사 가능하겠냐고요.

대한 그래서 수락하셨어요?

사장님 그럼요. 당연히 해야죠. 고정 수입이 생기는 일이잖아요. 기자님도 사장님이니까 잘 아실 텐데요. 우리 같은 사람들한테 고정적인 수입이 생긴다는 게 어떤 의미인지요.

그 누구보다 고정 수입의 소중함을 뼈저리게 느끼고 있는 대한이었다. 자영업자들에게 고정 수입이란 소위 '계산이 서는' 장사를 할 수 있다는 의미였다. 사업을 하며 필연적으로 발생하는 고정비용을 해결하고 수익을 올릴 수 있는, 아니, 다음 달에도 무사히 이 일을 할 수 있을 것이라는 믿음을 주는 최소한의 안전장치. 작년 이맘때 학원 원장님이 스터디룸을 빌린 것, 시험 날짜가 정해져 있는 수험생들이 기간권을 끊는 것 모두 대한에게는 손발이 저릿하도록 고마운 고정 수입이 생기는 일이었다.

백반집 사장님이 꼭두새벽부터 출근하게 된 이유를 대한은 누구보다 잘 이해할 수 있을 것 같았다. 아직 자리잡지 못한 동네 장사라면 공사 현장 관계자의 권유를 거부할 수 있을 리가 없었다.

대한　그럼 아침 장사는 하다 안 하다 그러셨겠네요?

사장님　그렇죠. 아침 6시, 7시에 와서 밥 먹는 사람들이 몇이나 되겠어요. 주변에 공사하는 곳 있으면 좀 일찍 열고 없으면 천천히 열고 그랬죠.

대한　그럼 도시락 팔기 시작하면서는 계속 새벽에 출근하시는 거예요?

사장님　그렇다고 볼 수 있죠. 출근하는 사람들이 점심 도시락 하나씩 사 들고 가게 하려면 적어도 6시부터는 가게 문이 열려 있어야 하니까요.

대한　점심 도시락 아이디어는 어디서 얻으셨어요?

사장님　코로나 시작되면서 한 거예요. 처음에 한 테이블씩 띄어 앉아야 한다, 테이블마다 가림막을 세워야 한다 할 때부터요. 원래 포장 메뉴 따로 안 했거든요. 나처럼 나이도 있는데 혼자 음식 장사 하는 사람들한테는 포장 용기 사고, 포장해서 담고 그런 것도 다 일이고 돈이라서요.

대한민국을 덮친 코로나의 습격에 많은 업장들이 타격을 입었지만 그중에서도 식당은 내상이 심한 축에 속했다. 배달이 아니면 영업을 이어가기 힘든 상황이 생각보다 오래 지속되고 있었다.

대한   그럼 배달도 하시는 거예요?
사장님 안 그래도 이 동네 대행 사장님들이 몇 번 왔다 가시긴 했어요. 그래서 시작은 했었는데, 몇 달 하다 결국엔 때려치웠죠, 뭐.
대한   왜요? 요즘엔 배달이 대세잖아요.
사장님 일부러 그렇게 물어보는 건가? 아니면 진짜 몰라서? 사장님은 우리 단골이시면서 어떻게 그런 얘길 하세요. 저기, 저것 좀 보세요.

사장님이 가리킨 것은 벽면 한쪽에 붙어 있는 투박한 메뉴판이었다. 메뉴는 오첩백반 6000원, 삼첩백반 3500원, 딱 두 가지였다. 숫자 중 6과 3, 5는 검은 매직으로 공들여 써서 종이를 덧붙인 자국이 보였다.

작년에 스터디 카페를 열었을 때만 해도 오첩백반의 가격은 5000원, 삼첩백반은 3000원이었다. 오픈 이후 메뉴판 갈이를 한 번도 하지 않았다고 하셨었는데, 가격을 올리기까지 얼마나 고민이 많았을까 싶어 목이 메었다. 대한 역시 오픈 특가로 내걸었던 4주권 11만 원을 아직 되돌리지 못하고 있었다. 밥알이 목구멍 한가운데 탁 걸려 내려가지 않았다.

시선을 돌려 메뉴판 옆을 봤더니 하얀 종이 한 장이 더 붙어 있었다.

오첩도시락

5000원

궁서체로 인쇄된 글자 아래 볼펜으로 손수 적은 〈국물 X〉라는 말이 보였다. 나중에 추가로 적은 것이 분명했다.

대한　저기 국물이 없다는 건 사장님이 직접 쓰신 거예요?

사장님　아니, 5000원짜리 도시락 사면서 국물은 왜 안 주냐고 따지는 손님들이 얼마나 많던지요. 뭇국이나 콩나물국 조금 떠주는 건 일이 아닌데, 그 국을 포장하는 용기를 따로 사는 게 돈이라서 빼기로 했거든요. 새지 않게 포장하려면 그것도 또 일이고. 그래서 1000원 싸게 바꾸고 뺐어요. 남는 것도 별로 없는데 방법이 없어서.

'국물 X'라고 쓴 글씨를 가만히 들여다보았다. 디지털 시대 이전의 사람들에게 글씨체란 한 사람의 삶이 고스란히 녹아 있는 인장 같은 것이었다. 단 세 글자에 백반집 사장님의 삶이 오롯이 담겨 있는 듯 보여 글자에서 눈을 뗄 수 없었다. 대한은 자꾸만 목이 메었다.

대한 그렇죠. 국물을 새지 않게 잘 포장하는 게 보통 일이 아니죠. 혹시 그래서 배달까지도 포기하신 건가요? 국물이 안 새게 배달할 방법이 없어서?

사장님 아유, 메뉴판 보고도 그런 말을 하면 어떡해요. 그것 때문이 아니라 저 가격으로는 배달 못해요. 그 배달비인가 뭔가 하는 게 최소한 2000원은 들더만요. 멀리서 배달했다고 7000원 붙은 거 보고 기절할 뻔했다니까요?

대한 최소 주문 금액을 설정하시면 되잖아요.

사장님 최소 주문 금액을 설정해도 배달비가 그만큼이나 들면 힘들어요. 우린 음료수 파는 장사가 아니잖아요. 밥에 반찬 다섯 개 포장하고 국까지 비닐에 이중 삼중 싸야 하는데. 그러면 단가가 안 맞아요. 그렇다고 3만 원 이상, 5만 원 이상, 그런 식으로 최소 주문 금액을 정해놓으면 그 돈 내고 누가 우리 백반을 시키겠어요. 그 돈 쓸 거면 다른 걸 시키든가 그냥 집에서 해 먹고 말지.

스터디 카페가 시설업이어서 초기 투자 비용이 많이 들어가는 사업이라면 식당은 재료비와 인건비, 전기요금, 수도요금 등 가변비용이 상대적으로 많이 들어가는 사업이었다. 대규모로 식자재를 구입하는 프랜차이즈도 아닌 동네 백반집의 가격이 이토록이나 저렴할 수 있는 이유는 일하는 사람을 따로 쓰지 않고 식기세척기도 사용하지 않는 사장님의 부지런함 때문이었다.

대한 그럼 배달비는 고객이 부담하는 시스템으로 하시면 되잖아요.

사장님 아유, 이 사장님 뭘 모르시네. 이럴 때는 사장님이 아니라 정말 기자님 같아. 배달을 시켜만 보신 티가 이렇게

159

나. 아니, 고객 입장이면 더 이상하네. 백반 한 그릇에 배달비가 5000원이면 기자님은 시켜 드세요?

사장님은 답답하다는 표정이었다.

사장님 그리고 나도 딸내미가 앱 깔아줘서 거기에 가입도 하고 다 해봤지. 그런데 앱엔 그 깃발이라는 걸 안 꽂으면 노출이 되지 않데요? 된다고는 하는데 어디 찾아볼 수가 있어야지. 깃발을 하나만 꽂아도 한 달에 거의 10만 원 가까이 내야 하는 거 알아요? 그거 말고 다른 앱도 있는데 그건 장사가 잘될수록 손해도 더 심해. 손님도 돈을 내고 우리도 돈을 내는 시스템이라서요. 대행업체랑 계약하면 잘 관리해주겠다고는 하는데 그거 해도 우리 수중에 떨어지는 돈은 크게 다르지 않아요. 한 달에 20만 원 정도를 따로 내야 하거든요. 지금처럼 한푼이 아쉬운 상황에 그 돈들을 다 어디서 끌어다 쓰겠어요. 월세가 밀릴 판인데.

대한은 '그래도 투자를 많이 하시면 그만큼 수익이……'라고 말하려다 그만두었다. 책임질 수 없는 말을 함부로 하는 것은 칼만 안 들었지 폭력과 다름없다는 사실을 최근 뼈저리게 깨달아서였다.

더구나 돈에 관련된 말이라면 배로 신중해야 했다. 내 밥그릇 아니라고 함부로 말하는 것이 얼마나 잔인한 일인지 요즘 온몸으로 느끼고 있었다. 직접 돈을 대줄 수 있는 상황이 아니라면, 결과에 대해 100퍼센트 확신하여 책임까지 질 수 있는 상황이 아니라면 함부로 조언하지 않는 게 맞았다. 적어도 이 일에 대해서만큼은 그 누구보다 간절한 마음으로 오랜 시간 진지하게 고민했을 사장님이었다.

대한 그래서 몇 달 배달하다 접으신 거군요.

사장님 우리 백반은 보통 하나, 두 개 이렇게들 시켜요. 마진율을 30퍼센트로 잡으면 하나당 1800원 정도 남는 거긴 한데 요즘은 물가가 많이 뛰어서 20퍼센트도 안 남는 날이 많고요. 그런데 배달을 어떻게 하겠어요. 그냥 우리 같은 구멍가게는 배달하고 잘 안 맞는구나, 생각하며 장사하는 수밖에.

계속 오르는 치킨값처럼 백반도 가격을 더 올려보는 건 어떠시냐는 질문이 대한의 머릿속에 빠르게 스쳐지나갔다. 하지만 4주짜리 기간권을 11만 원에 파는 그가 주제넘게 할말이 아니었다.

주제를 바꾸었다.

대한 매일 다른 반찬을 만드시는 것도 일이겠어요.

사장님 그것도 사실 다 돈 때문이에요.

대한 아, 재료비 원가를 세이브하려고.

사장님 그렇죠. 이거 하기 전에 식당 몇 군데에서 일을 했었어요. 그중엔 양식집도 있었는데, 돈가스 옆에 감자가 사이드로 나가는 집이었거든요. 감자값 폭등했을 때 감자를 고구마로 바꿔서 냈다고 하이고, 얼마나 지랄지랄. 본 메뉴도 아닌데 사이드 때문에 컴플레인을 걸거나 환불해달라고 하는 사람이 한 달에 두세 명씩은 꼭 있었다니까요? 그때 덴 것 때문에 내 가게 오픈하면서는 반찬 가짓수는 정하되 고정 메뉴는 정하지 않기로 결심했어요.

백반집 앞에 걸려 있는 작은 칠판에 깨알 같은 글씨로 적힌 '오늘의 반찬'은 매일 바뀌었다. 글씨를 대신 적어주는 건 사장님의 딸이라고 했다. 그것 때문에 딸이 항상 새벽에 고생한다고, 딸 아니었으면 이 가게는 진즉 문을 닫았을 거라고 사장님은 입에 침이 마르게 자식 자랑을 했다.

스터디 카페 카운터에 앉아 있던 어머니 생각이 났다. 대한은 빠르게 다음 질문으로 넘어갔다.

대한 장은 마트에 직접 가서 보시는 거예요? 아니면 인터넷으로 주문하시나요?

사장님 사장님, 아니 기자님. 이건 혹시라도 나중에 음식 장사 할까봐 말해주는 건데, 동네에서 음식 장사 하실 거면 시장이나 마트에 직접 가서 장 보셔야 해요. 인터넷으로 사면 안 돼.

대한 왜요? 인터넷이 훨씬 더 저렴할 때가 많잖아요.

사장님 공산품들은 그럴지 모르겠지만 생물은 그렇지 않아요. 경동시장이나 마장동, 이런 데 가서 직접 사는 게 제일 좋지. 그런데 나같이 운전도 못하는 사람들한텐 그것도 쉽지 않은 일이라서, 그럴 경우엔 큰 마트나 동네 시장 돌아다니면서 식재료 사는 게 제일이에요. 그렇게 몇 년을 돌아다니면 어느 시기에 어떤 게 싸고, 어떤 게 비싸고, 어떤 게 물건이 좋고, 어떤 게 단가가 맞을지 대충 감이 오거든요. 계절에 맞게 반찬 조절하고, 특가 세일

하는 것들 사다가 손질해서 반찬으로 내놓고 하는 거죠. 오늘 이 연근도 그제 타임세일해서 냅다 집어와서 만든 거예요.

새벽 4시 반에 출근하는 백반집 사장님이 장사를 마감하는 시간은 오후 3시였다. 설거지를 하고 청소까지 마친 후 퇴근하는 시간은 오후 4시에서 5시 사이라고 했다. 사오일에 한 번은 장을 보는데, 장을 본 날은 물건을 들여놓고 다듬은 후 9시쯤 퇴근했다. 장사가 잘되거나 물건이 마뜩지 않을 때는 이삼일에 한 번씩도 장을 보았다. 휴일은…… 따로 없었다.

사장님 일요일에 장사가 아예 안 되면 모를까, 저기 길 건너 교회에서 가끔 도시락 주문을 해주셔서 쉴 수가 없어요. 토요일? 토요일에는 공부하는 학생들이 점심에 꾸준히 와줘요. 사장님네 스터디 카페에서도 학생들 많이 오는데. 모르셨어요?

요즘은 학생들 자체가 많지 않아 기분좋게 놀라는 척도 하지 못했다. 그 손님들은 분명 그의 스터디 카페가 아니라 다른 스터디 카페의 학생들일 것이었다.

백반 하나당 2000원이 남는다고 할 때 하루에 백 그릇을 팔아야 20만 원의 순수익이 떨어졌다. 한 달을 삼십 일로 잡으면 600만 원의 수익을 올릴 수 있었다. 하지만 도시락은 용기 가격이 있으니 원가가 더 올라가고, 단품 하나당 남는 돈은 무서운 비율로 줄어들었다. 무엇보다 배달도 하지 않는 동네 음식점이 요즘 같은 시기에 하루에 백 그릇을 팔기는 쉽지 않아 보였다. 불가능했다.

어느덧 시간은 오전 11시를 향해 달려가고 있었다. 말을 하느라 길어진 백반집 사장님과의 식사가 이렇게 끝났다. 원래 5~10분이면 식사를 마친다는 사장님이었다.

사장님 혼자 먹으면 찬 하나 놓고 찬물에 밥 말아 후루룩이었는데, 오늘은 기자님 덕에 반찬을 다섯 개나 놓고 먹었네요. 덕분에 잘 먹었어요. 고마워요.

누가 누구에게 고마움을 표해야 하는 것인지, 주객이 바뀐 느낌이었다. 품에서 하얀 봉투에 담긴 인터뷰비를 꺼냈다. 인터뷰에 응해주셔서 감사하다는 짧은 손 편지가 동봉된 봉투였다.

사장님 아유, 이런 거 주지 말아요. 그냥 밥값이나 내고 가.

대한 이거 안 드리면 제가 숙제를 안 한 게 되어서 안 돼요. 제 사정 미리 말씀드려서 다 알고 계시잖아요.

사장님 그냥 받았다고 하면 되잖아요. 이런 거 주지 말고 얼른 밥값 6000원 내고 가요. 자꾸 그러면 밥값까지 안 받는 수가 있어요?

대한 저 그러면 의사 선생님한테 진짜 혼나요.

   테이블에 봉투를 슬쩍 던져두고 나오려는 대한을 백반집 사장님의 목소리가 붙들었다. 뜬금없게도, 새벽 첫차에 관한 이야기였다.

사장님 나는 매일 첫차를 타고 출근을 해요. 버스 첫차, 혹시 타 본 적 있어요?

대한 저…… 아니요.

사장님 동네마다 좀 다를 수도 있는데 우리 동네 첫차는 차고 지에서 새벽 4시에 출발해요. 개중엔 전날 등산하고 술 마시다 첫차 타고 가는 사람들도 있지만, 대부분은 나 같은 보통 아줌마들이에요. 육십대, 칠십대, 조금 어리 면 오십대. 저마다 새벽부터 일을 해야 하는 사람들이

166

급하게 감은 파마머리를 채 다 말리지도 못하고, 아마도 자식들이 사주었을 꽤 좋은 가방을 하나씩 들고 콩나물 시루처럼 빽빽한 버스에 올라타요. 종점 아닌 곳에서 타면 앉지도 못하고, 아니 앉는 게 뭐야, 어쩔 땐 손잡이도 못 잡을 정도인데.

왜 갑자기 출근 버스 이야기를 꺼낸 건지 감이 잡히지 않았다.

사장님 새벽에 출근하는 게 나 혼자 하는 대단한 일이 아니라는 거, 그냥 말하고 싶었어요. 아침에 해 뜰 때 일어나서 우아하게 커피 한잔하고 아침 방송 보고 싶다는 생각, 아마 그 버스 타는 언니, 동생들도 다 할 거야. 아, 첫차를 타는 사람들은 멤버가 거의 정해져 있어서 알음알음 안면을 텄어요. 그래서 서로 언니, 동생 하고 부르거든요. 이름하고 속사정은 몰라도 어느 정거장에서 내리는 언니, 그보다 미리 내리는 동생 하면서 아는 거죠. 누가 갑자기 안 보이면 서로 걱정하기도 하고, 그러다 출근 요일 조정된 거 알면 그렇구나 하고 또 각자 출근 장소에서 내리고. 우린 그래요. 우리 버스에만 수십 명이니까 아마 수백 명, 수천 명이 그 시간에 출근하고 있을 거예요. 다들 어딘가에서 청소도 하고, 나처럼 음식도 하고 그러겠죠. 혹시 인터넷에 내 인터뷰가 올라가게 된다면 나 혼자 대단한 일 하는 거 아니라고, 우리 첫차 멤버들 다 그렇게 살고 있다고, 넉넉하진 않아도 최대한 다른 사람한테 폐 안 끼치고 살려고 노력하고 있다고 말하고 싶네요. 아이고, 주책이야. 가셔야 하는데 제가 말이 너무 길었죠? 다 쓸데기 없는 말인데.

전혀 쓸데없지 않았다. 대학생 때 밤새 술을 마시다 집으로 가는 첫차를 타본 적이 있긴 했지만 대한이 탔던 버스는 기점에서 시내로 향하는 버스가 아닌, 이미 회차를 해서 차고지로 들어가는 차였다.

잡을 손잡이가 없을 정도로 빽빽한 버스에 자식이 사준 좋은 가방을 하나씩 들고 서 있을 어머님들의 모습이 눈에 선했다. 새삼 존경스러웠다. 어머니 생각이 났다. 지금 그의 어머니는 정당한 노동의 대가를 받기는커녕 애초에 받을 생각도 없이 노동 현장에 나와 있었다.

어머니에게 전화를 걸었다. 오늘은 아르바이트생을 구해 나오지 않아도 괜찮다고 말했다. 일할 사람을 갑자기 어디에서 구했냐는 물음엔 구인구직 사이트에 올리니 쉽게 사람이 구해졌다고 대답했다.

　당연히 거짓말이었다.

1998 카페

몸이 힘들어야 할 것 같은 투잡 생활이었지만 대한은 몸보다 마음이 더 힘들었다. 매출 때문이었다.

스터디 카페는 '카페'가 아니라 '스터디'에 포커스가 맞추어져 있는 곳이었다. 시험이 끝난 12월은 원래 비수기라는 의미였다. 물론 기간권을 등록하는 충성 고객이 많거나 중고등학생에 의존하지 않는 매장들의 경우는 상황이 다르겠지만 안타깝게도 그의 업장은 상위 1퍼센트 매장이 아니었다. 학생 때도 못해본 상위 1퍼센트가 지금이라고 어떻게 쉽겠냐마는 그래도 하루 매출 1만 9000원을 보고 있을 때면 이건 너무하지 않나 하는 자괴감이 들었다. 심지어 아직 기말고사가 다 끝나지도 않은 시점이었다. 99퍼센트의 인생은 이토록 매일매일이 숨가

쁘고 절박했다. 그 와중에도 자기 위안 삼아 99퍼센트라 표현했지만 사실 90퍼센트, 50퍼센트, 아니 하위 10퍼센트일지도 모를 인생이었다. 차를 팔면 많이 불편할 텐데, 아니, 차는 몰라도 집은 지켜야 하는데, 하는 생각이 시도 때도 없이 끼어들어 머리가 아팠다. 어른이지만 어른이 되지 못한 삼십대의 자괴감이 비 온 뒤 안개처럼 스멀스멀 정신을 잠식했다.

그리고 그런 날엔 여지없이 우울감이 찾아왔다. 그럴 때면 뭐라도 할일이 필요했다. 청소를 하고, 매장 인스타그램을 관리하고, 수면방 홍보 포스터를 만들었다. 스터디 카페의 수입과 지출을 기록한 엑셀 파일을 체크하고, CCTV를 확인했다. 그렇게 일을 해도 외롭다는 생각이 들면 정신건강의학과 전화번호를 다시 한번 찾아보았다. 하지만 병원비가 아깝다는 생각도 들었다. 새 인터뷰를 나가야겠다는 결심이 드는 순간이었다.

이번 인터뷰에 응해주신 사장님은 이디야와 메가커피라는 공룡 프랜차이즈들 사이에서 고군분투중인 이십대 개인 카페 사장님이었다. 사장님은 자신의 동생이 우리 스터디 카페 고객이라며 흔쾌히 인터뷰에 시간을 내주었다. 고객의 가족 역시 고객이어서 대한은 자기도 모르게 말투가 친절해지는 것을 느꼈다. 괜스레 눈치가 보였다.

아메리카노 두 잔과 쿠키를 내온 사장님이 자리에 앉으며 먼저 인사를 건넸다. 온몸으로 뿜어져나오는 이십대의 싱그러움이 부러웠다.

대한 안녕하세요. 이렇게 인터뷰에 응해주셔서 감사합니다.

사장님 치료의 일환이시라면서요. 아예 모르는 분도 아니고, 제가 인터뷰 안 할 이유가 없죠. 앞서 블로그에 올리신 인터뷰들도 잘 읽었어요.

대한 감사합니다. 인터뷰 때는 편하게 '이 기자'라고 불러주세요. 예전부터 궁금했는데, 카페 이름은 왜 1998인가요?

사장님 음, 기자님, 혹시 지도 앱에 연도별로 카페 이름 한번 검색해본 적 있으세요?

있을 리가 없었다. 사장님은 카운터로 돌아가 작은 다이어리 하나를 꺼내왔다.

사장님 제가 카페를 오픈할 때 조사했던 것들이 모두 담겨 있는 다이어리인데요. 잘 듣고 이 숫자들의 공통점이 뭔지 한번 맞혀보세요. 1949, 1952, 1957, 1958, 1965, 1971,

2002, 2003, 2004, 2005, 2006, 2008, 2009, 2011. 힌트
는 연도입니다.

공통점을 찾기란 쉽지 않았다. 한 시대에 몰려 있는 연도들
인가 싶으면서도 범위가 너무 넓었다.
사장님은 의미심장한 미소를 지어 보였다.

사장님 어려우시죠.

대한 어떤 연도들인지 가늠이 잘 안 되는데요.

사장님 짜잔! 바로 카페 이름에 들어가지 않은 연도들의 명단입
니다. 이것 말고 나머지는 대한민국에 다 있어요. 1948년
8월 15일 광복 이후로만 봤을 때요. 사실 그 이전 연도
들도 찾아보면 있을 수도 있겠지만 굳이 찾아보진 않았
어요. 명단이 너무 길어질 것 같아서.

대한 카페 이름이요?

사장님 네. '1998 카페'라고 이름을 짓기로 결심하고 찾아보니
이미 여기저기 '1998 카페'가 있더라고요. 그래서 오기
로 1998년 전후로 싹 다 찾아본 거예요. 아마 다들 오픈
한 해나 자신이 태어난 해를 집어넣어 만든 거겠죠?

상상치도 못한 답변이었다. 사장님은 작은 글씨들이 빼곡하게 적혀 있는 다이어리의 한 페이지를 펼쳐 보여주었다. 아무리 대한민국이 커피공화국이라지만 이건 조금 너무하다 싶었다. 심지어 1972년부터 2001년까지는 어느 해도 빼놓지 않고 모두 카페 이름이 존재했다.

사장님 신기한 건 2000년대 숫자가 들어간 카페가 거의 전멸이라는 거예요. 이거 알아보면서 우리나라에 있는 개인 카페들은 십 년을 버티기가 정말 쉽지 않나보다, 하는 생각을 했어요. 물론 이름이 연도와 상관없는 카페들도 수도 없이 많고, 지금까지 살아남은 곳들도 있겠지만, 적어도 이름에 연도가 들어간 카페들은 전멸한 거잖아요. 2002년부터 2011년까지 중 살아남은 건 '2007 카페' '2010 카페' 딱 두 개 밖에 없어요. 07년생이나 10년생이 카페를 차리지는 않았을 테니 2007년과 2010년이 오픈 연도라고 가정하면 말이에요.

대한은 혀를 내둘렀다. 이렇게까지 시장조사를 해야 창업을 할 수 있는 거구나 싶으면서 경외심마저 들었다. 나이만 많다고 어른이 아니었다. 이 정도 책임감은 갖고 생업에 임하는 사람이 진짜 어른이었고, 사회인이라고 불릴 자격이 있는 사람이었다.

사장님 '2002 카페'나 '2003 카페'도 지금은 없지만 곧 생기겠죠? 2002년에 태어난 친구들은 이미 성인이고, 2003년에 태어난 친구들도 며칠 뒤면 성인이 되니까요. 자본력만 있다면 분명 '2002 카페'나 '2003 카페'를 만들 거예요.

    소름이 돋았다. 2002 월드컵이 아직도 어제 일처럼 생생한데 그때 태어난 친구들이 벌써 성인이라니. 나이 많으신 사장님들과 인터뷰할 땐 느끼지 못했던 생경함이었다. 시간이, 세월이, 새삼 무서웠다.

대한 그럼 사장님께선……
사장님 그렇죠. 제가 1998년에 태어나서 '1998 카페'예요. 다행히 카페명은 같은 동네에만 동일한 이름의 매장이 없으면 등록 가능해요. 가끔은 전국에 있는 '1998 카페' 사장님들하고 정모라도 하고 싶다는 생각이 든다니까요. 잘 아시겠지만, 장사는 외로운 일이니까요.

자영업은 돈과의 싸움인 동시에 지독한 외로움과의 싸움이기도 했다. 회사에 있을 땐 누구하고라도 대화를 할 수 있었지만 1인 매장을 운영하다보면 대화다운 대화를 할 수 있는 상대가 아무도 없었다. 물론 고객들과 인사도 하고 결제하며 소소한 대화도 나누었지만 그런 건 외로움을 달래주는 '진짜' 대화라고 할 수 없었다.

대한   어린 나이에 돈을 많이 모으셨네요.

사장님 저 전문대 나왔거든요. 스물두 살에 대학을 졸업했는데 딱히 할 게 있어야죠. 취업을 하고는 싶었는데 대학이 전공과는 상관도 없는 직장들을 추천해주더라고요. 그렇다고 아무것도 안 하고 집에만 있기는 눈치가 보여서 이 년 바짝 일해 1500만 원 모아서 카페 차렸어요.

대한   1500만 원밖에 안 들었어요? 큰 테이블이 여섯 개나 있는데요. 밖에 테라스도 있고요.

사장님 당연히 그 돈으로는 못 차리죠. 엄마 아빠가 도와주셨어요. 딸내미가 뭐라도 해보겠다고 낮에는 바리스타 학원 다니고 밤에는 아르바이트하는데 어떻게 보고만 있으시겠어요.

대학에서, 직장에서, 기사에서 자주 접했던 '부의 대물림'이었다. 이런 사례들을 보고 들을 때면 대한은 부모로부터 거액의 빚을 물려받거나 벗어날 수 없는 뻘밭에 함께 빠져 있는 사람들을 떠올렸다. 남의 불행을 보고 위안을 얻어서는 안 된다고 배웠지만 쉽지 않았다. 그가 위안을 얻는 대상은 항상 불행 포르노였다.

'나는 쓰레기야.' 대한은 생각했다. 이런 그의 생각을 눈치라도 챘는지 사장님은 서둘러 손을 내저었다.

사장님 그래도 완전히 공짜로 도와주신 건 아니에요.

대한 갚기로 하신 거예요?

사장님 수익이 일정 금액을 넘어가면 20퍼센트는 부모님께 드리기로 하고 빌렸어요. 다 못 갚으면 폐업할 때 나머지 돈을 갚고요.

사실상 이자율 0퍼센트짜리 대출이었다. 돈을 못 갚아도 신용등급이 유지되는 기적 같은 사금융이기도 했다. 그 환경이 마냥 부러웠다. 이런 건 증여세를 안 내도 되는지, 괜히 심술이 났다.

사장님 그런데 요즘은 장사가 잘 안 돼서 많이 힘들어요.

대한 어려우실 것 같아요. 코로나 때문에.

사장님 더군다나 여긴 집값이 수십억 하는 동네도 아니잖아요. 요즘 같은 시기엔 옆에 있는 이디야랑 메가커피를 이길 수 있는 방법이 도저히 떠오르지 않아요. 코로나 이전엔 '감성 맛집'이라고 젊은 분들이 많이 찾아주시고 사진도 찍어 인스타에 올려주셨는데, 요즘은 정말 쉽지가 않네요.

그래 보였다. 오후 1시 반, 밥을 먹고 차 한잔하려는 사람들로 붐벼야 할 시간에 카페에 앉아 있는 손님이라고는 대한 하나뿐이었다. 오피스 상권이 아니기에 테이크아웃 고객도 없었다. 하긴, 테이크아웃을 할 거라면 그부터도 동네 카페가 아닌 이디야나 메가커피를 이용할 것 같았다. 경쟁업체가 스타벅스, 커피빈, 투썸처럼 조금 더 가격대가 높은 카페였더라도 결과는 마찬가지일 듯했다.

심지어 이곳은 이디야나 메가커피에 비해 음료의 가격이 상당히 비쌌다. 아메리카노 한 잔 가격이 4500원이었다. 아이스 아메리카노의 가격은 사이즈에 따라 5000원부터 시작했다.

대한 이렇게 사진 찍기 좋게 인테리어를 하려면 비용도 많이 들었을 텐데요. 가격경쟁력 갖추자고 할인해주기도 쉽지 않겠어요.

사장님 가격은 인테리어 때문에 저렴하지 않은 게 아니에요. 커피 한번 다시 드셔보시겠어요?

대한은 커피 한 모금을 다시 들이켰다. 여전히, 그냥 아메리카노였다.

사장님 주변 프랜차이즈들이랑 다른 거 못 느끼시겠어요?

대한 맛있네요.

사장님 그렇죠? 저희 커피는 원두 자체가 달라요. 저렴한 원두로 내린 커피 마실 사람들은 그냥 저가 프랜차이즈 가면 돼요. 최고급 아라비카 원두 써서 로스팅도 제가 직접 하는데 이 정도 가격이면 완전 괜찮죠. 원가 생각하면 할인 자체가 들어갈 수 없는 가격이에요, 지금이.

안타깝게도 대한은 커피맛에 민감한 사람이 아니었다. 커피는 조금 더 쓴 커피, 덜 쓴 커피, 시럽이 들어간 커피, 휘핑크림이 올라간 커피 등으로만 구별될 뿐이었다. 너무 단 커피는 마시기 버거웠지만 그렇다고 못 마시는 커피가 있는 것도 아니었다. 평소 아메리카노를 즐겨 마시는 이유는 커피를 마신 뒤 뒷맛이 가장 깔끔해서이기도 했지만…… 무엇보다 가격이 저렴해서였다(더 저렴한 에스프레소도 있지만 이번 생에서는 포기하기로 했다).

이곳은 주택가였다. 낮시간에 이렇게 예쁜 카페를 이용할 사람들이 많지 않다는 의미였다. 젊은 엄마들이 많이 사는 동네라면 사정이 조금 다를 수도 있겠지만 이 동네는 아니었다. 평일 낮에 카페를 이용하는 주 고객층은 나이가 지긋한 어르신들이었다. 주말엔 이십대나 삼십대 언저리로 보이는 손님들도 있기는 했지만 1998 카페는 일요일이 휴무일이었다. 쉽지 않았다.

코로나만 아니었으면 그래도 평일 저녁 장사는 나쁘지 않았을 텐데, 생각을 하니 마음이 짠해졌다. 그렇다고 콘셉트를 바꿔보라는 둥 주제넘게 조언을 할 수도 없는 노릇이었다. 본인 매장의 커피 원두에 큰 자부심을 갖고 있는 사장님이었다. 커피에 문외한인 그가 이런저런 말을 꺼내는 건 그 자체만으로도 실례였다. 그 카페에 돈을 투자한 사람이 아니라면 아무리 커피 전문가라 하더라도 함부로 조언하지 않는 편이 나았다.

그래서 다른 궁금한 점을 물어보기로 했다.

대한 다른 동네도 고려하셨을 텐데 왜 이 동네에 카페를 오
픈하셨는지 그 이유가 궁금합니다.

사장님 기자님은 왜 여기에 스터디 카페 차리셨어요?

순간 대한은 말을 잃었다. 이유는 결국 돈이었다. 적절한 평
수에 적절한 가격, 나쁘지 않은 주변 환경, 그리고 집과의 거리
까지 따져보면 지금 그 장소가 최선의 선택이었다. 적어도 그
때는 분명히 그랬다.

사장님 저도 그래요. 딱 여기가 제일 적당했어요. 일층에, 너무
과하지 않은 월세에, 대중교통으로 집에서 30분 이상
떨어진 곳은 싫었고, 무엇보다 앞에 데크를 설치해서
써도 된다고 하셔서요. 여기 애견 동반 가능한 카페거
든요.

대한의 시선이 데크 쪽으로 향했다. 카페 앞에 설치된 데크
엔 푸른 인조잔디가 깔려 있었다. 따뜻한 느낌을 주는 조명들
과 한쪽에 자그마하게 갖춰진 수도시설, 강아지 장난감이 가득
담긴 통을 보니 강아지들이 인조잔디에서 편하게 쉬거나 뛰는
광경이 자연스레 그려졌다. 구석구석 신경을 많이 쓴 카페였다.

사장님은 쓸쓸한 표정을 지어 보였다.

사장님 처음 시작했을 때 엄마 따라온 어린아이들이 카페 인테리어를 망가뜨리더라고요. 접시를 깨기도 하고, 영국에서 사 온 기념품을 떨어뜨리기도 하고. 한번은 의자가 문 쪽으로 넘어가 문이 깨질 뻔한 적도 있어요. 신발 신고 테이블 위에 올라가는 다 큰 애들도 있었고. 조용히 차 마시러 오신 손님들을 놓칠 수는 없어서 오픈 두 달 만에 노 키즈 존 선언했었는데요. 반년 전부터 그 종이 떼버렸어요. 손님 한 분 한 분이 귀하잖아요.

대한의 핸드폰이 진동했다. 손님이 입장했다는 알람이었다. 그런데 스터디 카페가 아니었다. 수면방 손님이었다.

대한은 마음이 다급해졌다.

대한 그럼 마지막 질문을 드리겠습니다. 프랜차이즈 사이에서 동네 카페가 살아남으려면 어떤 전략을 세워야 할까요? 대형 프랜차이즈 카페 사이에서 무려 이 년을 살아남으셨어요. 그것도 코시국에.

사장님 제가 감히 그런 질문에 대답을 할 수 있을까요? 요즘은 월세도 겨우 버는데요.

대한 그조차도 못 벌어 폐업한 카페들도 많으니까요.

사장님 음, 그런가요. 그럼 우선 배달 메뉴를 만드시고, 이벤트를 자주 하는 거랑 단골을 많이 만드는 게 중요한 것 같아요. 다른 손님들 소곤소곤 대화하면서 차 마시는데 문 벌컥 열고 들어와 "여기, 커피 한잔 내와봐!" 하는 무례한 손님들 대처하는 요령도 필요하고요. 하지만 솔직히 말하자면 무엇보다도 이 시기를 버텨낼 수 있는 자금력이 있어야 해요. 결국은 자영업도 다 돈 싸움이잖아요. 사실 전 사업하는 사람 중에서도 어린 편이어서 상대적으로 다시 일어서기 유리한 상황이에요. 대출도 따로 없고, 부모님 집에 살고 있어서 생활비도 따로 안 들어요. 독립할 생각을 안 해본 건 아니지만 지금은 독립할 돈까진 없네요. 그러니까 버티는 거예요. 만약 이게 다 빚이고, 집에 책임져야 할 가족이 있거나 책임질 가족은 없더라도 혼자 카페 수익으로 생활비를 온전히 충당해야 했다면 저도 못 버티고 폐업했을 거예요. 아무리 경쟁력이 있다 해도 코로나가 없어질 때까지 버티기는 무리예요, 제가 생각해도.

사장님의 솔직한 답변이 가슴 아리게 고마웠다. 동시에 회사에 남아 있는 팀장님이나 동료들의 신입 모시기는 예전보다 더 쉽지 않아졌겠다는 생각이 들었다.

대한은 (스스로는 정말 믿고 싶지 않았지만) 꼰대였다. 똑 부러지는 부하직원을 둔다는 것은 대단한 행운이면서도 자기 자신을 냉정하게 성찰해야 하는 어려운 일이었다. 아직 젊은 축에 속하는 자신도 이런데 팀장님이나 본부장님은 더하겠지 싶었다. 시대에 뒤처지지 않고 살아가려면 한 걸음 한 걸음이 쉽지 않았다.

그럼에도 장사꾼은 트렌드를 읽고 받아들일 수 있어야 낙오되지 않는 법이었다. 대한은 젊은 사장님께 진심으로 감사하다는 인사를 드린 후 하얀 봉투에 넣은 인터뷰 사례비를 건넸다. 예상치 못한 인터뷰비를 받아든 사장님은 당황한 표정을 짓더니 이 돈으로 복지관에 근무하시는 분들께 음료나 쿠키를 대접해야겠다며 감사 인사를 했다. 역시 배울 점이 한 트럭인 '요즘 사람'이었다.

카페를 나섰다. 호의를 호의로 자연스럽게 받아들이기가 아직도 어려운 그였다. 밝고 긍정적인 기운을 가진 사장님이 부러웠다. 시기어린 마음을 한가득 안고 대한은 예약 알람이 울린 수면방을 향해 걸음을 재촉했다.

◇◇◇◇

'집중력을 되찾을 수 있는 수면방'을 처음으로 이용한 고객은 대한의 나이 또래로 보이는 남성이었다. 두툼한 패딩을 입은 그는 "5000원에 1시간 자고 가니 좋네요, 그것도 등 지지면서요" 하는 가슴 벅찬 후기를 남기고 떠났다. 수면방은 방역 패스 대상이 아니어서 실내 마스크 착용 여부만 잘 확인하면 귀찮을 일이 없을 터였다. 역시 승산이 있는 사업이었다. 이제부터는 홍보가 관건이었다.

고급 안마의자에 누워 휴식을 취할 수 있는 업장들이 1시간 이용하는 데 1만 원 초중반대를 받았다. 하지만 대한은 그 많은 안마의자들을 사거나 렌트할 수 없었다. 대신 고정 가림막으로 구분해놓은 룸 하나하나에 전기장판과 검회색 시트를 깔아놓았다. 1시간 이용 가격은 5000원이었다. 핫초코와 밀크커피가 나오는 미니 자판기도 한 대 들여놓았다. 무제한으로 내려 먹을 수 있었다. 수면방의 환기, 청소야 그가 직접 하면 그만이었다. 타깃층이 눈에 보일 때까지는 조금 더 신경써서 수면방을 관찰하기로 했다.

인터뷰를 하고 수면방 고객과 짧은 대화를 나누는 사이 스터디 카페에는 무려 세 명의 고객이 들어와 공부를 하고 있었다. 세상에, 손님이었다.

　예로부터 산 입에 거미줄 치지 않는다는 말이 있었다. 그래,
산 채로 죽으라는 법은 없는 모양이었다.

프랜차이즈 치킨집

배달을 시작했다.

배달을 시작하는 일도 무엇 하나 쉽지 않았다. 모든 것이 선택의 연속이었다. 우선 도보 배달과 자전거 배달을 옵션에서 지웠기 때문이다.

무더운 여름에 아이스커피를 도보 배달로 들고 와 얼음이 다 녹았던 기억, 한겨울 영하의 날씨에 보온 가방 없이 노란 바구니에 피자를 담아와 다 식은 피자를 먹어야 했던 기억이 주마등처럼 스쳐갔다. 결코 그래서는 안 되는 일들이었다. 리뷰 하나에 울고 웃는 사장님들의 얼굴이 떠오르자 배달은 무조건 오토바이로 해야겠다는 생각이 들었다. 대부분 배달용 오토바이는 125cc 이하였기에 2종 소형 면허는 따로 따지 않아도 괜찮았다. 그럼 이제부터는 돈, 다시 돈이 문제였다.

처음엔 한 달, 아니 며칠만이라도 일을 해본 후 선택하려 했다. 대형 배달업체에 배달을 하겠다고 연락을 해놓으면 필요한 날 오토바이를 빌려주는 시스템인 줄 알고 있었던 것이다. 터무니없는 생각이었다.

이름만 들으면 누구나 아는 대형 배달업체들에 배달 아르바이트를 문의하니 상담원은 배달 대행업체를 연결해주었다. 그동안 알지 못했던 새로운 세상이었다. 연락을 받은 대행업체 사장님은 대한에게 오토바이를 갖고 있는지 아니면 리스나 렌털이 필요한지 물어보았는데, 대한은 배달용 오토바이의 리스와 렌털에 대해서 아는 게 하나도 없었다. 결국 그는 대행업체 사장님께 면담을 요청했다. 다행히 배달 대행업체는 스터디 카페로부터 멀지 않은 곳에 위치했다.

배달용 오토바이를 마련하는 방법은 총 세 가지였다. 구매, 리스, 렌털. 대행업체 사장님은 대한에게 그중에서 본인이 원하는 방식으로 오토바이를 마련하면 된다며 초등학생을 가르치듯 차근차근 설명했다.

결론부터 말하자면 구입이 가장 비용이 덜 들었다. 중고로 마련할 경우 100만 원대, 사양이 떨어지고 연식이 오래된 것도 상관이 없다면 단돈 몇십만 원에도 구입할 수 있었다. 문제는 보험이었다.

가정용으로 구입할 경우 오토바이의 일 년 보험료는 30만 원 내외였지만, 특정 업소의 배달에만 사용하는 비유상 운송이나 여러 업장을 돌며 배달할 수 있는 유상 운송으로 보험에 가입할 경우 보험료는 순식간에 열 배 가까이 뛰어올랐다.

"그냥 가정용으로 보험에 가입하고 배달하면 안 되나요?"

"그러다 사고 나면 큰일나요. 보험료 내는 이유가 사고 났을 때 돈 받기 위해서인데 가정용으로 신고했다 사고가 나면 보험사로부터 한푼도 못 받습니다. 거기다 과태료도 내야 하고요."

난감한 일이었다. 중고 오토바이를 구입한다 해도 번호판은 차주가 직접 발급받아 달아야 하는데, 보험에 가입하지 않으면 번호판이 발급되지 않았다.

"그래도 사장님은 나이도 있고 장기간 무사고여서 이 정도지, 이십대 초반에 사고 한두 번 낸 애들은 일 년 보험료가 1000만 원도 넘어요. 직접 본 것 중에서만 보험료 견적 냈더니 1200만 원 넘게 나온 애도 있었는걸요."

세상에, 1200만 원이라니. 나이가 많아 새삼 다행이었다. 하지만 타인의 고통은 심적 위안은 될지언정 실질적 도움은 되지 않았다.

일 년에 300만 원, 한 달이면 25만 원.

배달 한 건당 2000원의 수익이 남는다고 가정하면 한 달에 백이십 건 넘게 배달을 해야 보험료가 충당되었다. 하루 평균 최소 네 건은 해야 한다는 말이었다. 보험료뿐만 아니라 기름 값에 오토바이값까지 본전을 뽑으려면 못해도 하루에 열 건은 배달을 해야 했다. 그 이후부터가 수익이었다. 그것도 한 달에 하루도 쉬지 않을 때 이야기였다. 중간중간 스터디 카페에 들어가 관리 감독도 하고, 수면방 관리도 하려면 1시간에 할 수 있는 배달은 한두 건 정도였다. 한 번 나갈 때 대여섯 집씩 배달을 하면 수익성은 높아질지 몰라도 그건 식당 사장님들께 못할 짓이었다. 이렇게 추운 날씨라면 가장 마지막에 배달되는 치킨은 눅눅해지고, 피자 치즈는 딱딱하게 굳고, 떡볶이는 다 식어 별점 테러를 받기 딱 좋을 듯했다.

"전문으로 할 거 아니면 리스나 렌털도 생각해봐요. 한번 해보고 결정하면 되니까."

"리스와 렌털의 차이는 뭐예요? 자동차는 하허호 번호판 차이가 가장 크잖아요."

"오토바이도 자동차랑 마찬가지예요. 리스는 일 년 부으면 자기 소유가 되는 거고, 렌털은 한 달 단위로 빌릴 수 있고 다시 반납해야 하는 거고. 둘 다 보험은 기본적으로 들어 있어요.

당연히 유상 보험으로."

"비용은 어느 정도 해요?"

"다 비슷비슷하지, 뭐. 한 달 임대하면 하루에 2만 원 꼴이라고 생각하면 돼요."

임대료가 하루 2만 원이라니. 하루에 2만 원씩 일 년이면 오토바이를 사는 것과 금액에 별반 차이가 없었다. 십대 후반이나 이십대 초반이라면 당연히 구입보다 리스를 고려하겠지만 대한에겐 그게 그거였다. 그렇다면 구입이냐 렌트냐의 문제였다.

가보지 않은 길이었다. 한 발 먼저 담가본 후 결정하는 것이 현명하리라 판단했다.

그렇게 대한은 61만 7000원에 오토바이를 한 달 렌트했다. 배달원으로서 첫발을 내딛는 순간이었다.

◇◇◇◇

시간이 조금 걸리긴 했지만 키오스크 업체는 정부와의 긴 협상 끝에 마침내 방법을 찾아냈다. 키오스크에 백신 접종 완료 증명서를 등록하는 시스템이 개발되었다는 소식이었다. 물론 1~2시간만 이용하는 시간권 이용자들도 있고 백신을 접종

한 지 육 개월이 넘은 사람들도 있어 직접 확인을 하긴 해야 했지만 그 정도는 배달하는 틈틈이 매장에 들러 확인하면 될 듯했다.

이렇게까지 노력하는데 단속을 당한다면 너무 억울할 것 같았다. 예상치 못한 순간에 빈틈이 생겼다고 벌금을 때리는 것은 말이 되지 않았다. 혹시라도 벌금 고지서가 날아온다면 구청으로 찾아가야지, 하는 결심을 했다. 그러고는 담당 공무원의 책상을 뒤엎는 상상까지 했다.

사기치는 새끼들을 잡아야지 사기당하는 사람을 비난하는 건 아무리 생각해도 이상했다. 더 원론적으로 따지자면 다 같이 마스크 쓰고 앉아 한마디 말도 않고 공부만 하는 스터디 카페에 방역 패스를 적용하는 것부터가 말이 되지 않았다. 가해자를 탓해야지 피해자를 처벌하는 건 분명 옳지 않았다.

맞다.

대한 자신의 일이어서 더 그랬다.

◇◇◇◇

치킨집 사장님은 인터뷰는 괜찮으나 상호명은 가려달라는 부탁을 했다. 얘기하다보면 단점이나 불만들도 나올 텐데 본사의 심기를 거스르고 싶지 않다는 이야기였다.

대한은 가게 사진뿐만 아니라 치킨 사진도 올리지 않기로 했다. 고객에게도 본사에게도 여러모로 을의 입장인 치킨집 이었다.

대한 안녕하세요. 요즘은 시켜 먹기만 했지 이렇게 매장에 들어와 앉아본 건 정말 오랜만입니다.

사장님 코로나 이전엔 꽤 많이들 직접 와서 치킨을 먹고 갔죠. 특히 국가대표 축구 경기라도 할 때면 저기 이층에 커다랗게 빔 프로젝터 쏘아서 다 같이 응원하면서 먹었어요. 그때는 치킨보다 맥주가 더 남는 시기였지.

매장을 둘러보았다. 자세히 보니 인테리어 가벽 뒤에 이층으로 올라가는 계단이 있었다. 계단이 있다는 것을 알고 보니 천장을 막은 합판 색이 조금 다르게 보였다.

대한 계단이 있는데 천장을 막으신 거예요?

사장님 이제는 안 쓰니까. 이층에도 출입문이 있는 건물이라 다행이에요. 우리가 이층까지 쓸 때는 이층 출입문을 가벽으로 막아놨었는데 작년에 부동산 계약 연장하면서 이

층은 포기하기로 했거든요. 일층에도 자리가 남아도는
데 몇 안 되는 손님들이 다 이층에 가서 식사를 하니 임
대료에 난방비까지 감당하느라 적자폭이 점점 커져서.
한푼이라도 아껴야 하는 시기잖아요.

이곳은 먹자 거리 상권도 아니었다. 식사보다는 집에 가다
맥주 한잔 마시러 들르는 2차 손님이 많은 동네였다.

사장님 그래도 난 선방한 거예요. 저기 길 건너 ○○치킨 알죠?
대한   당연히 알죠.
사장님 거기는 홀을 아예 없앴어요. 이제 배달만 한다고 하더라
       고요.

역시 배달이 살길이었다.

사장님 버티고 버티다 악수를 둔 거지. 코로나 끝나면 맥주도
       팔고 소주도 팔아야 남는 게 좀 있을 텐데 치킨만 배달
       해서 어떻게 먹고살겠다고 그러는지 참 안타까워요. 하
       지만 불황이라고 임대료를 깎아주지도 않으니 방법이
       있나. 그런데 이게 또 임대인들한테도 뭐라고 할 수가

없어요. 이런 작은 빌딩들은 보통 개인 소유인데 그 사람들이 수십억 현금이 있어 건물을 산 게 아닐 거잖아요. 임대인들도 매달 꼬박꼬박 은행에 넣어야 할 이자가 있는데 내가 어렵다고 임대료 내려달라고 하는 건, 그건 좀 그렇죠.

임대료를 안 깎아준다고 임대인을 원망해본 적은 없었지만 임대인의 입장에서 임대료를 생각해본 적도 없었다. 수십억짜리 건물을 사기 위해선 얼마만큼의 대출이 필요하고, 신용이 필요하고, 담보가 필요하고, 이자를 부담해야 하는지 상상조차 가지 않았다. 내 집 한 채 없이 살고 있는 사람 입장에선 다 딴 세상 이야기였다.

대한   그래도 건물 임대료는 일 안 하고 굴러들어오는 불로소득이잖아요.

사장님 그게 꼭 그렇게만 볼 수도 없어요. 내가 아는 형님 한 분이 퇴직하고 집이랑 차 담보로 대출받아 꼬마빌딩 하나를 샀는데 그중 절반이 지금 공실이래요. 그분들 생활비가 거기서 나오는데 말이에요. 이제 곧 칠십인 노인네들이 어디 가서 취업도 못하고, 이제 와서 건물을 팔자니 팔리지도 않고. 큰 건물이 아니라서 월세가 10평 상가 하나에 50만 원, 60만 원 그렇거든요. 요즘은 폐지라도 주워야 하나 고민을 하더라니까요, 건물도 있는 양반이. 물론 아무것도 없는 노인네들 입장에서는 배부른 소리처럼 들리겠지만, 그 사람들도 사는 게 빡빡해요. 쉽지 않아요.

없는 노인네들뿐만 아니라 대한이 들어도 배부른 소리였다. 어떻게든 건물을 팔고 현금을 확보하면 살 수는 있는 것 아닌가, 하는 생각이 들었다. 자신의 일이 아니라서 쉽게 할 수 있는 생각인지도 몰랐다. 이런 생각을 티를 내진 않았다.

대한 그럴 수도 있겠네요. 그런데 배달만 하는 곳들은 왜 안 쓰러워하시는 거예요? 오히려 배달에만 집중하면 아르바이트도 덜 쓸 수 있고, 홀에 들어가는 에너지를 아낄 수 있잖아요. 요즘은 배달비가 많이 올라서 수익이 조금 줄어들었을 수도 있지만요.

하지만 그만큼 치킨값이 오르지 않았습니까, 하는 말은 당연히 덧붙이지 않았다.

사장님 자, 지금부터 내가 하는 얘기 잘 들어봐요. 회사마다 조
금 다르긴 하지만 보통 프랜차이즈 치킨집을 차리면 생
닭 한 마리에 5000~6000원을 내고 본사로부터 공급받
아요. 시장이나 마트보다 생닭값이 더 비싸도 할 수 없
어요. 우리는 본사에서 공급하는 닭을 본사에서 공급하
는 가격으로만 사서 써야 하니까. 기름, 반죽, 양념, 소
스 등도 다 본사에서 사 와야 해요. 부대비용만 이것
저것 다 합치면 한 마리당 대충 3000원 합니다. 거기
에 포장 박스랑 포장 비닐도 사 와야 해요. 서비스 음
료까지 더하면 또 한 마리당 1000원 정도 되고요. 콜라
종류는 우리도 원하는 거 드리고 싶은데 본사에서 계
약한 곳에서만 받아와야 해서 그것도 다양하게 못 써
요. 나는 코카콜라가 좋아요, 펩시가 좋아요 해도 방법
이 없죠. 음료를 더 싸게 받을 수 있는 방법을 알고 있
어도 할 수 있는 일이 없고요. 여기까지 하면 대충 1만
원 정도 나오죠? 프라이드 아니고 다른 메뉴 시키면 원
재료 값이 1만 1000~1만 2000원 나올 때도 있지만 치
킨값도 더 비싸니 열외로 하고. 자, 치킨을 만들었으면
이제 배달을 해야죠. 그런데 배달이 골때리는 게 라이
더한테 주는 배달비 말고 배민, 쿠팡, 요기요 같은 배

달업체에도 수수료를 내야 해요. 라이더한테 주는 배달비가 한 2000~3000원 한다면 업체에 내는 수수료도 그거랑 비슷해요. 다 계산하면 배달에 들어가는 돈만 5000~6000원 해요. 동네 배달 대행업체랑 계약해서 배달하면 그것도 한 4000원 드네요. 이제 곧 5000원으로 올릴 거라던데. 대행업체 사람들도 임대료니 인건비니 노는 오토바이 관리비니 남는 게 있어야 하니까 3000원 안 받고 4000~5000원 받는 거고요. 자, 여기까지 기본 비용만 1만 5000~1만 8000원 상당이죠? 그러면 우리한테 떨어지는 건 얼마? 맞아요. 적으면 2000원, 많이 떨어지는 곳들은 4000~5000원 정도 남겠죠. 프라이드 한 마리를 2만 원 정도에 팔았을 때 말이에요. 그런데 여기에서 끝이 아니에요. 프랜차이즈는 이벤트를 해야 해요. 그놈의 프로모션도. 아니, 본사가 기획했으면 지들이 돈을 좀 댈 생각을 해야지 리뷰 이벤트도, 계절마다 하는 프로모션도, 쿠폰 발행도 어찌된 게 다 우리가 돈을 부담해야 하는 구조예요. 진짜 재수없을 땐 한 마리 팔 때마다 적자가 나요, 적자가. 사장님, 이게 말이 된다고 생각해요? 거기다 배민에는 깃발도 한 달에 스무 개에서 서른 개씩은 꽂아줘야 합니다. 안 그러면 노출이 안 되니까. 유명하니까 깃발 안 꽂아도 많이 들 시켜 먹을 거라고 생각하죠? 깃발 안 꽂으면 본사에 서 연락이 와요. 더 꽂으라고, 경쟁업체에 밀리면 안 된 다고. 깃발 하나에만 한 달에 8만 8000원이에요. 지들 이 돈 대주는 것도 아니면서 요구하는 건 정말 더럽게 많죠. 요즘 광고 엄청 때리는 한 집만 배달하는 서비스 는 우리가 부담해야 하는 비용이 너무 커서 배달할수록 적자예요. 어떨 땐 7000원, 8000원이 그냥 나가. 그래서 임의로 철회했더니 본사 놈들 어떻게 알고 곧바로 연락 왔더라고요. 다시 가입하는 게 어떻겠냐고. 다 사장님을 위해서라면서. 리모델링 다시 하는 것보단 그게 낫지 않 겠냐고 협박도 하데요. 때마다 해야 하는 리모델링도 다 우리 부담이거든요. 말만 상생이지, 따져보면 다 우리 부담이라고요. 염병할.

프라이드 치킨 한 마리가 왜 2만 원이나 하는지 이해가 갔 다. 치킨집의 임대료와 전기요금, 수도요금, 인건비를 생각하 면 아무리 용을 써도 적자를 면하기 힘들 것 같았다. 그나마 돈 이 남는 메뉴는 사이드라고 했는데, 그마저도 홀에서 올리는 매상을 뛰어넘을 수는 없다고 했다. 홀 장사를 하면 아르바이트생을 고용해야 하지만 배달비에서 빠지는 비용과 술값, 음료 수값 등에서 나오는 수익을 따지면 무조건 더 남는 장사라고 했다. 물론 코로나가 터지기 이전의 이야기였다.

치킨집 사장님도, 배달원도, 소비자도, 아무도 이득을 보는 사람이 없었다. 그렇다면 이 모든 돈은 대체 어디로 가고 있는 것일까. 현재의 시장구조는 누구의 작품이며 어디서부터 잘못된 건지, 개선의 여지가 있기는 한지 심히 우려스러웠다.

그럼에도 직배는 힘들다는 것이 사장님의 설명이었다.

사장님 강남에 잘되는 대형 치킨집들은 직배만 네댓 명씩 둔다는 이야기를 건너건너 듣긴 했는데, 우리 형편엔 꿈같은 이야기예요. 직배? 물론 마음만 먹으면 둘 수는 있겠죠. 오토바이 그까짓 거 몇 대 사고 보험도 들고 다 하면 돼요. 그런데 배달원들이 예전 몸값으론 더이상 오지를 않아요. 배달 시장이 커져서 개인사업자로 배달을 뛰는 게 훨씬 더 이득인 세상이 온 거예요. 저기 뒤에 △△치킨집 사장님이 월급 300만 원으로 배달원을 모집했는데 이력서가 한 장도 들어오지 않더래요. 그래서 월급을 350으로 올렸더니 참 나, 십대 애들이 지원을 하더랍니다. 열일곱, 열여덟 그런 애들이요. 사장님은 책임감 있

200

게 꾸준히 일할 사람이 필요한 거라서 다시 사람을 찾기 시작했어요. 구하다 구하다 예전에 근처 중국집에서 일했던 배달원들한테까지 연락을 돌렸는데 세상에, 월급으로 450에서 500을 부르더랍니다. 4대 보험까지 요구하면서요. 그럼 아무리 싸게 잡아도 사장님이 한 달에 부담해야 하는 돈이 500만 원이 넘어가요. 배달원 한 사람당요. 그런데 배달원을 어떻게 서너 명씩 고용합니까. 예전처럼 월급이 120만 원 하던 시대도 아니고.

무언가 잘못되었다는 생각이 들었다. 벗어날 수 없는 치킨집의 적자 구조가 영화 〈인셉션〉 속 팽이처럼 계속해서 머릿속을 뱅뱅 돌았다.

대한 그럼 외국인 입출국이 자유로워지면 조금 상황이 나아질 수도 있을까요?

사장님 요즘은 다 앱으로 주문을 해서 그것도 힘들 거예요. 배달원이 주소를 정확하게 보고 빨리 찾을 수 있어야 하잖아요. 그 정도 우리말 능력자들이 배달 일을 할는지. 이러나저러나 죽어라 하는 거죠.

대한 그럼 프랜차이즈 계약을 해지하지 않고 계속 유지하시

는 이유가 있을까요? 사실 사장님 정도면 치킨맛은 보
장된 거잖아요. 치킨만 십 년 가까이 튀기셨으니까요.

사장님은 소리 내어 웃음을 터뜨렸다. 자조적인 웃음이었다.
생각이 많아 보였다.

사장님 이 근처에서 프랜차이즈 치킨집만 십오 년을 한 양반이
있었어요. 이십대 때는 패스트푸드점에서 치킨 튀기고.
주방에 사람 따로 안 쓰고 처음부터 끝까지 자기가 다
알아서 하던 사람이라 치킨 하나만큼은 대한민국 최고
라는 자부심이 있었죠. 그 양반이 이 근처에 동네 치킨
집을 하나 차렸었는데, 아삭바삭와삭 치킨이라고, 들어
는 봤어요?

대한 아니요. 처음 들어봐요.

사장님 차린 지 이 년 만에 망했어요. 부동산 계약 끝나는 시점
에 맞춰 그냥 폐업했지. 집기고 뭐고 다 팔고 빚만 남았
다고 하더라고요. 치킨 하나는 정말 끝내주게 맛있게 튀
기던 형이었는데. 지금은 뭐하고 사는지 연락도 안 돼요.
오래전 일 같죠? 얼마 안 됐어요. 폐업, 올 초에 했어요.

한 번도 들어본 적 없는 상호였다. 간판을 본 기억조차 없었다. 그 정도 실력자가 망해서 나가는 구조의 시장이라면 폐업의 원인을 앱 노출의 구조적 문제에서 찾아야 할지, 사장의 운영 미숙에서 찾아야 할지 구분이 되지 않았다.

하지만 그렇다 하더라도 결국 모든 책임은 사장에게 있었다. 본인의 이름과 재산을 걸고 하는 일인 만큼 더 나은 판단력과 더 나은 실행력을 보여주었어야 했다. 대학 동기의 말마따나 누가 등 떠밀어 하는 사업이 아니었다. 모든 것은 본인 책임이었다.

그럼에도 불구하고, 화가 났다. 분하고 속상했다. 코로나만 아니었다면 망하지 않을 수도 있지 않았을까 하는 생각을 떨칠 수가 없었다. 9시, 10시에 걸린 영업시간 제한만 없었더라면. 네 명, 여섯 명, 여덟 명 인원 제한만 없었더라면. 이 망할 놈의 바이러스가 생겨나지만 않았더라면……!

대한 같은 사업하는 사람으로서 가슴이 찢어질 것 같습니다. **사장님** 같이 닭 튀기는 입장에서, 그 형 폐업하는 날 정말 많이 울었어요. 치킨집 그릇 받아주는 곳이 없어 돈 내고 폐기해야 한다는 소리를 듣고는 이 동네 치킨집 사장님들이 모두 가서 남는 그릇들을 몇 개씩 돈 주고 사 왔

고요. 우리 상황이 이래요. 폐업하는 집 집기 매입해서
처분하는 업체에서도 이제 그릇은 안 받는대요. 거기도
재고가 꽉 차서.

신기한 건 이런 상황에서도 세상은 멀쩡히 굴러가고 있다는
사실이었다. 마스크를 써야 했고 생활에 제약을 좀 받긴 했지
만 사람들은 먹고 싶은 음식을 시켜 먹는 데 거리낌이 없었다.
집콕이 길어지다보니 인테리어가 지겹다며 가전과 가구를 바
꾸었고, 이 시국에도 갖고 싶은 명품 가방을 사려고 이른아침
부터 백화점에 장사진을 쳤다. 스타벅스 프리퀀시는 여전히 인
기였고, 새로 나온 휴대폰이나 스마트워치를 사는 데에도 사람
들은 돈을 아끼지 않았다. 아무리 부품 수급이 어려운 시기라
하더라도 신차를 사려면 몇 개월씩 기다려야 했다. 집값은 이
미 천장을 모르고 치솟은 후였다. 10억이 올랐는데 고작 1억
떨어졌다고 집값이 안정되었다고 말하는 사람은 사기꾼이었다.
진짜 집값이 잡혔다고 믿는다면 그건 멍청한 사람들이었다.
  잘 생각해보면 그 모든 일이 굳이 '지금'이지 않아도 될 일들
이었다. 진짜 어려운 상황이라면 엄두조차 내지 못했을 일들이
었다.
  대한은 세상에 어려운 건 자신뿐인가 싶었다. 아니, 우리뿐

인가 싶었다. 이런 시국에도 대박집이 있다는 사실이 믿기지 않았다. 괜한 자격지심에, 상위 1퍼센트를 제외한 대부분의 자영업자들만 피를 보는 세상이라는 생각이 들었다. 공무원도 아니고 대기업에 다니지도 않지만 우리도 살아 있는 사람이라고 외치고 싶었다. 누구에게 말하고 싶은지조차 모르면서 매달리고 싶었다. 우리도 같이 살자고, 제발 살려달라고 빌고 싶었다.

사장님 그런데 이 모든 게 남 탓한다고 바뀌는 것들이 아니잖아요. 그래서 평소엔 이런 얘기 잘 안 해요. 시간이 지나면, 내가 더 노력하면 그래도 나아지겠지 하면서 그냥 사는 거죠. 그렇게 생각하지 않으면 불평불만만 많은 노인네로 나이들까봐요. 그러고 싶진 않거든요. 물론 나도 여행하고 골프 치며 노후를 보내는 게 꿈이에요. 하지만 나이가 들수록 옹고집이 생길까봐 무서워요. 폐지를 줍게 되더라도 오늘을 열심히 사는 게 나한텐 더 중요해서. 그래야 눈 감을 때 후회가 없을 테니까. 그래서 오늘도 열심히 닭을 튀깁니다. 이 상황이 하루라도 빨리 나아져 부자가 되길 바라면서요.

대한 그래도 코로나 이전엔 괜찮으셨던 거죠?

사장님 아이고, 일반 월급쟁이들보단 훨씬 더 잘 벌었습니다.

전 재산 걸고 하는 사업인데 당연히 그래야 하지 않겠
어요?

아직도 퇴사하면 치킨집 창업이 최고의 대안인 세상이었다.
그렇게 생각해보면 직장인들에게도 희망이 있다는 이야기였
다. 코로나 시기만 회사에서 잘 버텨내면, IMF나 카드 대란이
나 서브프라임 모기지나 여하튼 그런 시기만 잘 피해간다면,
사장님 소리 들으며 월급보다 더 많은 돈을 벌 수도 있었다. 본
인의 능력이 출중하다면 시절과 상관없이 돈을 쓸어 담을 수
있을지도 몰랐다. '그럴 능력이 있으면 서울대부터 갔지' 하는
생각에 헛웃음부터 났으나 부정적인 생각은 잠시 내려놓기로
했다. 이런 생각을 하는 그도 사장이었다. 이 시기만 잘 버텨내
면 자신에게도 기회가 오리라는 믿음이 조금씩 차올랐다.
　치킨집 사장님께 10만 원이 든 봉투를 드렸다. 인터뷰 후에
꼭 드려야 하는 답례금이었다. 사장님은 하얀 봉투를 한참이나
내려다보더니 기자님은 우리 가게에서 치킨 다섯 마리는 공짜
로 드셔야 한다며 여러 차례 말씀하셨다. 그럴 필요 없다고 손
을 내저으려다 1998 카페 사장님이 떠올라 고개를 끄덕였다.
포장을 해서 복지관에 갖다드려도 되고, 아니면 사장님과 매장
에 앉아 함께 먹고 10만 원어치 매상을 올려드려도 될 터였다.

그럼 나중에 감사히 잘 먹겠다는 말을 남기고 거리로 나섰다.

눈이 오고 있었다. 근래 보지 못했던 포실한 눈이었다.

◇◇◇◇

완전히 망한 것 같았던 스터디 카페의 매출은 조금씩 안정을 찾아갔다. 대부분 겨울방학을 맞이해 4주짜리 기간권을 끊으러 오는 학생 손님들 덕분이었다. 중고등학생 자녀의 손을 잡고 스터디 카페를 찾은 엄마들은 이곳이 주인이 상주해 분위기가 괜찮은 곳으로 입소문이 났다며 주저 없이 11만 원을 일시불로 긁었다. 프랜차이즈 스터디 카페보다 가격도 저렴하고 분위기도 오히려 괜찮다는 이야기를 듣고 찾아왔다고들 했다. 스터디룸에서 과외를 하는 학생들도 있었는데, 명문대에 다니는 과외 선생님을 알음알음 소개받을 수 있는 곳으로도 소문이 났다고 했다. 그 이야기를 들은 대한은 과외를 마치고 나오는 대학생들에게 다른 과외도 할 생각이 있느냐고 물어보며 적극적으로 선생님을 유치하기 시작했다. 발 빠르게 움직여야 살아남을 수 있는 세상이었다.

안정적으로 자리잡으면 내년엔 4주짜리 기간권을 13만 원으로, 1시간 이용권은 2000원으로 복귀시켜야겠다는 생각을 했다. 수면방의 한 달 매출은 50만 원을 목표로 잡았다. 망하지 않을 수 있었다. 희망이 보였다.

그러던 어느 날 공무원들이 스터디 카페로 들이닥쳤다. 신고가 들어왔다고 했다.

제5장

먹고사는 일은
태초부터 쉽지 않았다

성선설 vs. 성악설

단속을 나온 공무원은 두 명이었다. 공무원들은 카운터 앞에 서서 대한을 기다리고 있었다. 배달을 하느라 빨갛게 언 뺨에 습기로 축축해진 마스크가 달라붙었다. 정신없이 달려온 대한이 숨을 거칠게 몰아쉬었다.

공무원들도 꽤나 난감한 눈치였다.

"신고가 들어와서요. 신고가 들어오면 안 나와볼 수가 없거든요."

"어떤 신고요?"

"스터디 카페는 방역 패스 대상인데 QR을 안 찍고 들어간 이용객들이 있다고요. 마스크를 반쯤 내리고 공부하는 사람들도 있다고 하고."

무인 운영의 한계였다. 자주 있는 일은 아니었지만 친구를 따라 무단으로 들어와 스터디 카페를 이용하는 사람들이 있었다. 지하철처럼 한 명씩 돈을 내고 들어가는 시스템이 아니라 누구 한 명만 돈을 내면 문이 열리는 곳이라는 점을 악용하는 사람들이었다. 무단 침입범은 보통 용돈을 다른 곳에 모두 써버린 미성년자들이었는데, 대한의 스터디 카페는 주인이 매장에 상주한다고 소문이 나 그런 도둑놈들이 거의 없었다. 확인해보니 오늘도 마찬가지였다. 결제를 하지 않고 스터디 카페를 이용하고 있는 손님은 한 명도 보이지 않았다.

"저희는 방역 패스 인증해야 결제가 되는 시스템이라서 그럴 리가 없습니다."

"그런데 신고가 들어왔어요."

"여기 앉아 있는 회원분들 결제 내역하고 QR 등록하신 내역 다 보여드릴 수도 있어요."

"마스크 제대로 착용하지 않고 공부를 하는 사람들이 있다고도 신고가 접수되었고요."

환장할 노릇이었다. 대한이 직접 스터디 카페를 지키고 있을 때에도 종종 그런 컴플레인이 들어오곤 했다.

스터디 카페에 1~2시간만 공부를 하러 오는 사람들은 거의 없었다. 회원들은 기본 3~4시간, 길면 12시간도 자리에 앉아 공부를 했다. 그러다보면 간혹 하루종일 마스크를 쓰고 있기가 답답해서 마스크를 내리는 사람들이 있었다. 다른 사람 눈치가 보여 완전히 벗지는 않았지만 마스크를 코 아래로 내려 쓰거나 음료를 마시고 바로 올리지 않는 식이었다.

그 광경을 눈앞에서 봐도 마스크를 제대로 써달라는 부탁을 하기가 어려웠다. 행여 정기권 손님이 기분이 상해 다른 스터디 카페로 옮기기라도 할까봐 고민에 고민을 거듭한 후에야 조심스레 말을 꺼냈다. 현실이 이럴진데 자리를 비운 사장이 고객에게 마스크 관련 사항을 지적하기란 사실상 불가능했다. 고객들이 공부하는 모습을 24시간 내내 CCTV로 사찰하다 득달같이 문자나 전화를 할 수도 없는 노릇이었다.

여기서 더 어떻게 하라는 말이냐며 화를 낼지, 바짝 엎드려 한 번만 봐달라고 싹싹 빌지 고민이 되었다. 맘 같아선 고래고래 소리라도 지르고 싶었지만 지금 자신의 마음 따위가 중요한 게 아니었다. 그가 받는 스트레스보다 벌금 150만 원이 훨씬 더 중요했다.

결국 대한은 다소곳이 손을 앞으로 모으고 고개를 숙였다.

"죄송합니다. QR 정보 필요하시면 다 넘겨드릴게요. 마스크는 고객분들께 다시 한번 주의드리겠습니다."

"솔직하게 말씀드리면 마스크 미착용은 현장 적발 아니면 못 잡아요. 12월 이후로 아직까지 실제 벌금을 부과한 케이스도 없고요. 요즘 자영업자분들 힘드신 거 다 알고 있는데, 신고가 들어오면 저희도 일단 나와는 봐야 해서 나온 거예요. 방역 수칙 조금만 더 신경써주세요."

죄송하다며 연신 고개를 숙이는 대한의 어깨가 자꾸만 바들바들 떨렸다. 가슴 한쪽이 답답해지며 숨이 턱 막혔다.

밖으로 나가던 공무원은 별것 아니라는 듯한 말투로 한마디를 덧붙였다.

"여기 보니까 기간권은 최대 4주권까지 파는 거 같던데, 맞나요?"

"네, 맞습니다."

"사실 여기 스터디 카페에서 6주권을 같이 판다는 신고도 함께 들어왔거든요. 그런데 안내판 보니 6주권이 아예 없더라고요. 잘못 들어온 신고 맞네요. 사장님, 혹시라도 6주권은 절대 파시면 안 됩니다. 한 달 기간권도 4주 넘어가니까 절대 안 되고요."

한 달이 넘어가는 정기권 상품은 독서실에서만 팔 수 있었다. 스터디 카페가 한 달권이나 6주권을 팔면 불법이었다. 그 이유까지는 알 수 없었지만, 여하튼 법이 그랬다. 대한은 벌금과 영업정지가 무서워 법은 절대 어기지 않았다.

그제야 누가 신고를 했는지 감이 잡혔다. 천천히 걸어도 3분이면 닿는 프랜차이즈 스터디 카페 사장, 범인은 보나 마나 그 인간이었다.

"사장님, 밖으로 좀 나와보세요."

가만히 앉아서 당하고 있을 수만은 없었다. 그렇다고 상대와 똑같은 사람이 되고 싶지도 않았다. 수준 이하의 인간은 되지 말자고, 대한은 다짐했다.

프랜차이즈 스터디 카페 사장님은 패딩 지퍼를 올리면서 잔뜩 긴장한 얼굴로 나타났다. 시비를 거는 사장이 문제지 그 스터디 카페에서 공부를 하는 이용객들에게는 아무런 잘못이 없었다. 이용객들에게 방해가 되지 않도록 매장 밖 대로변으로 그를 불러냈다. 대한이 보여줄 수 있는 최대한의 호의였다.

"무슨 일이에요? 왜 사람을 오라 가라 해요?"

앙칼진 목소리였다. 너와는 엮이고 싶지 않다는 뉘앙스가 역력했다. 하지만 선을 넘은 진상에게는 단단히 경고를 할 필요가 있었다.

"사장님이 뭔데 있지도 않은 허위 신고를 합니까? 그렇게 심심하면 매장 청소나 한번 더 하세요."

"어머, 뭐래. 왜 남의 영업장에 찾아와서 다짜고짜 시비를 걸어요?"

"이봐요! 시비를 건 건 그쪽이 먼저잖아요!"

"뭐야, 당장 안 돌아가요? 경찰 부르기 전에 좋은 말로 할 때 가세요."

대한은 순순히 물러날 생각이 없었다.

"지난주에 찾아와서 6주권 팔라고 진상 짓 할 때부터 알아 봤어야 하는데 제가 좀 늦었죠? 어디 경우도 없이 영업방해를 하고 그래요?"

"뭐? 경우? 내가 그쪽 스터디 카페 매상 올려주려고 한 게 그렇게 잘못이에요? 도와주려고 해도 지랄이야, 지랄이."

치켜뜬 눈이 표독스러웠다. 짐작건대 상대도 전 재산을 건 사투중인 모양이었다. 하지만 진흙탕 싸움에도 최소한의 예의 와 매너라는 게 있었다.

"뭐? 지랄? 야, 네가 6주권 팔라고 그렇게 지랄을 해도 나는 6주권 안 팔았어. 내가 모르고 그냥 당하길 바랐냐? 그래서 걸 고넘어질 게 없으니까 방역수칙을 걸고넘어져? 내가 얼마나 방역에 신경쓰는지 쥐뿔도 모르면서 그따위 신고를 해?"

"뭐? 너? 어디서 나이도 새파랗게 어린 게……"

"나이도 어린 새끼한테 이런 소리 안 들으려면 최소한의 상 도는 지켰어야지. 생각해보니 양심도 없는 게 머리도 나쁘네.

먼저 욕하고 말 놓은 건 내가 아니라 너야."

사람들이 몰려들었다. 무슨 야단인가 싶어 핸드폰부터 드는 사람들이 눈에 들어왔다. 순간 대한은 정신이 퍼뜩 들었다. 여기서 끝장을 볼 수는 없을 것 같았다. 아무리 모자이크를 한다 해도 온라인에 동영상이 올라가면 신상이 공개되는 건 한순간이었다.

"그러니까 시비 걸지 마시라고요. 우리 각자 사업체 각자 알아서 잘 운영합시다, 네?"

"뭐? 야, 너 내가 그랬다는 증거 있어? 증거 있냐고!"

"증거가 없긴 왜 없어! CCTV도 있고, 담당 공무원들 증언도 있는데. 단속 나온 공무원들 여기 한번 데려와봐? 어디에서 민원 넣었는지 통신 기록 한번 받아봐?"

물론 증거는 없었다. 상대가 일주일 전 매장에 찾아와 6주권을 팔라고 말하는 영상은 있었지만 안타깝게도 CCTV엔 소리가 녹음되지 않았다. 소리까지 녹음하는 CCTV는 불법이었다. 더군다나 공무원들은 누가 민원을 제기했는지 당연히 알려주지 않았다. 신고를 한 사람이 누구냐고 물어볼 정도로 대한이 경우 없는 사람도 아니었다. 다만 이 사람이 신고했으리라는 강력한 심증이 있고, 만약 아니라면 억울해서라도 증거를 보자고 큰소리칠 게 뻔하니 한번 질러본 것이었다.

상대는 움찔한 모양이었다. 물불 안 가리고 덤비던 기세가 순간 수그러들었다.

"어쩜 사람이 그렇게 뻔뻔해."

"네? 지금 저보고 한 말씀이세요?"

"그쪽이 한 달에 11만 원만 안 받았어도 우리가 이렇게까지 손님을 뺏기고 손해보지는 않았을 텐데. 어쩜 그렇게 눈치도 없고 양심도 없어?"

어이가 없었다. 먼저 스터디 카페를 차린 건 대한이었다. 대한은 스터디 카페의 블랙오션이 되고 만 이 동네에 가장 먼저 매장을 차린 사람이었다. 누가 누구에게 눈치며 양심을 따지는 것인지 기가 막혔다.

"아니, 나중에 들어온 건 그쪽이잖아요. 사람이 뻔뻔해도 정도가 있어야 하는 거 아닌가?"

"야, 나는 프랜차이즈잖아. 내가 어떻게 가격 조정을 함부로 하니? 그리고 이게 먼저 들어왔냐 나중에 들어왔냐 하는 문제로 보여? 머리는 왜 달고 다닌대? 아파트에 먼저 이사왔으니 이건 내 주차 자리다 하는 꼴이잖아, 지금!"

"아니 이게 그거하고 어떻게 같아요!"

"뭐가 다른데!"

두 사람 주위로 사람들이 모여들었다. 어느새 횟집 사장님도, 양장점 사장님도, 카페 사장님도 와 두 사람을 지켜보고 있었다. 횟집 사장님이 핸드폰을 들고 있는 사람들에게 다가가 찍지 말아달라고 부탁하는 모습이 보였다. 얼른 이야기를 마무리지어야 했다.

"저기요, 말도 안 되는 억지 부리지 말고 그냥 조용히 장사하세요. 저도 조용히 장사할 테니까. 한번만 더 시비 걸면 그때는 진짜 영업방해로 신고할 거예요."

"신고하고 싶은 건 네가 아니라 나야!"

"네?"

"보통 14만 원, 16만 원 하는 4주권을 계속 11만 원에 팔아 이 동네 물 흐린 건 너잖아. 죽으려면 혼자 죽어야지 어디에서 주변 사람들까지 사지에 몰아넣어? 네가 처음 가게 열 때 16만 원짜리를 오픈 특가 11만 원에 파는 거라고 써붙이지만 않았어도 나 이 동네에 매장 안 차렸어. 오픈 특가를 일 년도 넘게 유지한다고? 그런 데가 어디 있니? 이거 기만이야. 소비자 우롱이라고!"

사장님은 울고 있었다. 소리를 내지르다 이제는 악에 받쳐 엉엉 통곡을 하고 있었다. 하지만 오픈 특가 11만 원을 16만 원으로 되돌리지 못한 것은 대한의 잘못이 아니었다. 코로나가, 정부의 규제가, 그리고 무엇보다 공부할 인원은 정해져 있는데 우후죽순 생겨나버린 경쟁업체들이 가격을 복구하려는 대한의 손가락을 몇 번이고 가로막은 것뿐이었다.

프랜차이즈 치킨집들 사이에서 혼자 치킨을 싸게 판다고 불법이 아니듯이, 대한이 4주권을 11만 원에 파는 일 역시 불법이 아니었다. 물론 스터디 카페와 치킨집은 수익 구조가 다르긴 했다. 싸게 파는 사람이 버티다못해 가격을 올리는 구조가 아니라 비싸게 파는 사람이 손님을 빼앗기지 않으려 가격을 내려야 하는 시스템이었다. 한때 성업했다 어느 순간 우수수 스러져버린 PC방과 비슷했다.

참담했다.

프랜차이즈 스터디 카페 사장님과 친한 듯 보이는 몇몇 사람들이 사장님의 팔을 이끌고 건물 안으로 들어갔다. 자꾸만 흘긋거리는 사람들의 시선이 대한의 온몸에 가시처럼 날아와 박혔다. 회사에 계속 다녔더라면 이런 수모를 당할 일도 없지 않았을까 하는 생각마저 들었다. 피 튀기는 중세시대 전장에 맨몸으로 서 있는 기분이었다. 칼과 방패를 들고 싸우는 사람들 사이에서 살아남아보겠다며 얇디얇은 나무 막대기 하나 들고 버티고 있는 심정이었다.

스터디 카페로 돌아가기 위해 걸음을 돌리는데 저멀리 낯익은 얼굴이 보였다. 얼마 전 직접 찾아가 1시간에 1300원을 내고 시설을 사용하며 얼굴을 확인한 사람이었다. 새로 개업한 ☆☆ 스터디 카페 사장님이었다.

◇◇◇◇

삼겹살집 사장님이 복귀했다. 한참을 집에서 요양했다는 사장님은 "집에만 있으니 사람이 폭삭 늙더라고. 가족들도 내가 집에만 있으니까 별로 안 좋아하데?"라며 다시 가게에 나온 이유를 설명했다. 꼬박꼬박 내야 하는 월세 때문에라도 가게에 다시 나올 수밖에 없었단다. 계약서에 명시된 계약기간 동안은 문을 닫아도 사업이 망해도 방법이 없었다. 월세와 관리비는 어떤 상황이든 내야 하는 돈이었다.

12월 31일, 한 해의 마지막 날이었다. 2021년이 이렇게 저물어가고 있었다.

저녁 7시 반, 대한은 손님 두 테이블을 받고 연말이라 일찍 마감 준비를 하는 삼겹살집을 찾았다. 12월 18일부터 식당과 카페의 영업시간은 다시 오후 9시까지로 조정되었다. 연말이니 대목이니 하는 말도 다 옛날이야기였다. 대한의 입가에 비죽 웃음이 배어나왔다. 올해는 정말 다를 줄 알았다.

불판이 올려진 두 테이블 중 한 테이블엔 횟집 사장님이 앉아 있었다. 횟집 사장님은 처음 보는 남자와 함께 소주를 마시다 말고 대한을 반겼다. 함께 앉아 있는 사람은 지금까지 얼굴 한 번 보지 못했던 이층 고시원 사장님이라고 했다. 대한이 어색한 인사를 나누고 있는데 주방에서 삼겹살집 사장님이 달려나왔다. 가만히 대한의 어깨를 두드리는 사장님 얼굴이 몇 달 사이 많이 늙어 보였다.

"이게 얼마 만이야. 우리 가게에서 이렇게 고기도 먹고."

"이렇게 다 같이 모인 건 또 처음이네요. 사장님, 가게 비우고 나오셔도 괜찮아요?"

횟집 사장님께 물었더니 사장님은 손을 내저었다.

"나는 숙달된 알바가 있어서 괜찮아. 홀엔 손님 하나 없기도 하고. 우리 삼겹살집 사장님 복귀하셨는데, 우리가 축하 파티 한 번은 해드려야지. 그거 알아? 신경써서 챙기지 않으면 이런 반가운 인연은 언제 어디로 사라져버릴지 몰라. 그래서 나이가 들수록 친구가 없어지는 거고."

삼겹살집 사장님까지 앞치마를 벗고 자리에 앉으니 완전체가 모인 기분이었다. 가족관계, 친구관계, 서로의 취미나 학창시절에 대해선 무엇 하나 알지 못하는 사이지만 끈끈한 전우애가 느껴졌다. 경제적 어려움을 공유한 사회 공동체였다. 회사에 다니던 시절 회식 자리를 별로 좋아하지 않았음에도 사장님들과 함께 "위하여!"를 외치는 이 순간은 감동적으로 느껴졌다. 정말 자신을 위한, 그리고 사장님들을 위한 새해가 밝기를 간절하게 바랐다.

그런데 고시원 사장님이 감동을 깼다. 회사를 다니며 고시원 관리를 하느라 삼 년 동안 20킬로그램이 빠졌다는 고시원 사장님은 고시원 리모델링을 하는 기간에도 렌트 프리 기간을 주지 않은 임대인이 언젠간 사고를 칠 줄 알았다며 고개를 저었다.

"렌트 프리요?"

"인테리어 공사하는 기간 동안 임대료를 받지 않는 거요. 인테리어를 하지 않아도 업종이 바뀌면 몇 달 빼주기도 하고요. 법적으로 보호받는 권리도 아니고 모든 임대인들이 그런 배려를 해주는 것도 아니지만 보통 이런 사이즈로 입주할 땐 처음 한두 달 임대료는 빼주는 곳이 많아요."

듣도 보도 못한 말이었다. 이것도 모르고 대한은 공사 기간 동안 피 같은 월세를 꼬박꼬박 냈다. 부탁 한 번 해보지 못했다는 사실이 억울했다. 그나마 임대인이 렌트 프리를 해주지 않는 사람이라고 하니 덜 억울했다. 고시원 사장님에게는 미안했지만, 대한의 솔직한 기분이 그랬다.

그런 임대인이 무슨 사고를 친 것인지 불안했다.

"못 들으셨어요?"

고시원 사장님은 오히려 놀란 눈치였다.

"뭐가요?"

"사층, 오층 공실이요. 임대인이 거기에 직접 스터디 카페 차릴 거라잖아요."

"뭐요? 스터디 카페요?!"

대한이 깜짝 놀라 소리쳤다. 다른 테이블에서 밥을 먹던 손님들까지 돌아볼 정도였다. 남의 영업장에 민폐를 끼치고 싶지는 않았지만 이런 말을 듣고 흥분하지 않기란 불가능했다. 고시원 사장님은 어떤 심정인지 충분히 이해한다는 표정을 지으며 더 자세히 이야기해주었다.

"여기 이층 이자카야 자리하고 사층, 오층이 나갈 기미가 안 보였나봐요. 그다지 좋은 상권도 아닌데 그렇다고 임대료가 저렴하지도 않으니 당연하죠. 처음엔 저한테 사층, 오층까지 고시원 확장하는 거 어떠냐고 물어보더라고요. 그런데 고시원이라는 게 회사 때려치우고 올인할 만한 업종이 아니에요. 하루가 멀다 하고 투숙객들한테 전화가 오거든요. 수챗구멍이 막혔다, 전등이 나갔다, 화장실 청소가 제대로 안 되어 있다, 누가 냉장고에서 자기 반찬을 꺼내 먹었다…… 비어 있는 방들은 또 어찌나 안 나가는지 가끔 방 보러 오는 손님들도 보고만 가지 계약은 잘 안 해요. 솔직히 대출이랑 부동산 계약기간만 아니면 지금이라도 때려치우고 싶어요. 전업으로 바꾸거나 총무라도 고용하면 상황이 좀 낫겠지만 그럼 수익성이 너무 떨어져서 차라리 안 하는 게 낫고요. 여하튼 그래서 거절했는데 그랬더니 자기가 직접 사업을 하려나봐요. 그것도 스터디 카페로."

"아니, 스터디 카페는 여기 사장님이 삼층에서 하고 있는데 무슨 소리야?"

횟집 사장님이 얼이 빠져 멍하게 있는 대한 대신 화를 내주었다. 고시원 사장님은 고개를 저었다.

"상도가 없더라고요. 자기 건물에서 자기가 사업하는데 무슨 상관이냐는 마인드? 스터디 카페면서 공유 오피스도 되는 뭐 그런 거라는데, 사실 저도 정확히는 잘 모르겠어요. 부동산에서 전해들은 거라서."

그러고는 정적만 감돌았다. 대한을 비롯한 모두가 뭐라고 말을 얹어야 할지 몰라 불판만 바라보며 앉아 있었다.

TV에서 뉴스 속보가 흘러나왔다. 오늘 발표된 손실보상금 지급안에 대한 내용을 보도하고 있었다.

"오늘 김 총리는 중대본 회의 모두 발언을 통해 강화된 현행

거리두기 조치를 2주 더 연장하겠다고 밝혔습니다. 이에 따라 다음달 3일부터 16일까지 2주 동안 사적모임 인원 4명 제한, 식당과 카페는 9시까지 영업 가능한 현행 사회적 거리두기 조치가 이어집니다. 또한 백화점이나 대형마트 등 다중이용시설에 대한 방역 관리도 강화됩니다. 정부는 방역 조치가 강화됨에 따라 소상공인과 자영업자에 대한 지원으로 500만 원을 우선 지급하고 나중에 보상액이 확정되면 정산하는 선지급 후정산 방식의 손실보상금을 적용할 예정이라고 밝혔습니다."

"염병할."

삼겹살집 사장님의 입에서 거친 소리가 튀어나왔다. 그러자 식사를 마친 다른 테이블 손님들이 대꾸를 했다.

"그래도 우리가 낸 세금으로 수백만 원 지원금 받으시잖아요."

"그러게 말이다. 누구는 내기만 하고, 누구는 받기만 하고. 이 나라는 자영업자만 국민이지."

"이게 도대체 몇번째야."

"야, 나도 500만 원 받고 싶다."

여기 앉아 계신 사장님들이 내는 세금이 당신들이 지금까지 낸 세금의 몇 배는 족히 넘을 것이라는 말이 목구멍까지 치밀어올랐다. 돈 얘기가 나와서 말인데, 지역가입자는 직장가입자보다 건강보험도 국민연금도 훨씬 더 많이 냈다. 물론 사람에

226

따라 다르겠지만 연소득이 2000만 원 정도인 지역가입자라면 매달 내야 하는 건강보험료만 25만 원 내외였다. 대박집이 아닌 평범한 가게 사장님들도 건강보험과 국민연금 두 개를 합쳐 100만 원 넘게 내는 사람들이 수두룩했다. 직원이라도 한 명 고용하면 월급 200만 원 기준 매달 40~50만 원의 4대 보험료도 부담해야 했다. 거기에 더해 부가가치세도 냈고, 직장인들처럼 종합소득세도 냈다. 허가업종인 경우 매년 면허세도 냈다. 그런 사람들이 강제로 영업을 제한당한 것도 모자라 '우리가 낸 세금' 운운하는 이야기를 듣고 있었다. 믿기지 않았다. 이 현실이 너무나도 믿기지 않아서 영화 속에라도 들어온 것 같았다.

소주잔을 쥔 대한의 손에 힘이 들어가 부들부들 떨렸다. 본인들이 지금 사장님들에게 어떤 상처를 주고 있는지 인지조차 못하는 손님들은 "500만 원이라니 너무 좋겠다" 하는 이야기를 하며 겉옷을 입었다. 횟집 사장님이 대한의 떨리는 손 위로 자기 손을 포개더니 빈 소주잔에 소주를 가득 부어주었다. 무쇠처럼 단단한 마음으로 황소처럼 버텨야 하는데 쉽지가 않았다. 소주가 잔 밖으로 넘쳐흘렀다.

카드를 건네받은 삼겹살집 사장님이 가게를 나서는 손님들을 향해 인사를 했다.

"식사는 맛있게 하셨어요? 새해 복 많이 받으시고, 그럼 내
년에도 뵙겠습니다."

대한이 소주 한 잔을 입속으로 털어넣었다. 안 울려고 했는
데, 자꾸만 눈물이 차올랐다.

사장님이라는
단어의 무게

2022년 새해가 밝았다.

그리고 1월의 첫 월요일, 사층과 오층의 인테리어 공사가 시작되었다. 삼층인 대한의 매장에 공사 소음이 고스란히 전해지는데도 건물주는 얼굴 한 번 비추지 않았다. 올가을이면 이 년 계약 종료였다. 개정된 상가임대차보호법에 따라 십 년 동안 갱신요구권을 행사할 수 있었지만 바로 위층에 동일 업종(심지어 임대인이 직접 운영하는!)이 들어오는 판에 무슨 의미가 있을까 싶었다. 기존 임차인의 수익을 현저히 해할 가능성이 있는 경우 임대인은 같은 건물에 동일 업종 임차를 놓아서는 안 된다는 대법원의 판례도 있었지만, 부동산 계약서에 관련 사항에 대한 별도의 약정이 있거나 그에 대해 서로 합의한 경우에만 해당되었다. 게다가 이건 무려 임대인이 직접 동일 업종을 차리는 경우였다. 민사소송을 걸면 부분 승소는 가능할지 몰라도 항소와 상고까지 이어지며 들어갈 비용과 시간을 생각하니 영 회의적이었다.

내 생계는? 그동안 이곳에 들어간 돈은? 소송이 이어지는 동안 영업을 유지하며 임대인 매장과의 가격경쟁력에서 이길 수 있을 확률은?

아무리 생각해도 답이 없었다. 현실적으로 문제를 해결할 수 있는 방법이 한 가지도 떠오르지 않았다.

권리금 역시 마찬가지였다. 바닥권리는 없이 들어왔으니 그냥 넘어간다 하더라도 매장의 시설권리만큼은 건져서 나가야 했다. 투자금 회수는커녕 생활비도 겨우 벌고 있는 상황에서 권리금 한푼 받지 못하고 거리에 나앉을 수는 없는 노릇이었다. 혹여 그런 일이 생긴다면 1억에 가까운 투자금은 모두 휴짓조각이 된다. 가만 앉아 지켜보고 있을 수만은 없었다. 분하고 억울해서라도 이대로 당하고 있을 수만은 없었다.

대한은 임대인에게 전화를 걸었다. 임대인의 목소리는 여느 때처럼 차분하고 우아했다.

"무슨 문제라도 있으신가요?"

나 참.

"공사 소음 때문에요."

"어머, 내 정신 좀 봐. 공사 전에 미리 말씀드린다는 걸 깜빡했어요. 죄송해라. 사층, 오층에 인테리어 공사를 해요. 한두 달 걸린다고 했는데 철거할 때 며칠 빼면 그렇게 시끄럽진 않을 거예요."

이것 봐라.

"스터디 카페 하신다면서요?"

"어머, 소문이 벌써 거기까지 났어요?"

이 정도면 뻔뻔한 건지 머리가 나쁜 건지. 대한의 절박한 심정과 달리 임대인은 아무렇지 않은 태연한 태도였다.

참을 수가 없었다.

"해도 해도 너무하는 거 아닙니까? 삼층이 스터디 카페인데 어떻게 사층, 오층에 또 스터디 카페를 차려요? 저더러 그냥 망하라는 겁니까? 지금 한번 해보자는 거예요?"

"어머, 무슨 말씀을 그렇게 하세요."

임대인의 목소리가 진지해졌다. 이제야 대한이 얼마나 절박한지 알아챈 듯했다.

"제가 차리려는 업장은 사장님의 매장과는 결이 달라요. 제가 추구하는 매장은 위워크 같은 하이 티어의 공간이에요. 개인 사무실도 있고, 자유롭게 공부하거나 토론할 수 있는 공간도 있고. 사장님이 운영하는 스터디 카페처럼 중고등학생 애들 우르르 들락거리는 독서실 같은 곳이 아니라고요."

대한은 자존심이 상했지만 마음을 진정시키려 애쓰며 물었다.

"그럼 스터디 카페 같은 좌석은 없다는 거죠? 휴게실을 제외하면 다 개인 사무실이라는 말씀이시죠?"

"뭐, 핫데스크 같은 공간은 스터디 카페랑 비슷한 구조가 나올 수도 있겠죠."

"지금 저랑 장난합니까? 그딴 식으로 말 빙빙 돌리지 마시고요. 시간권이나 기간권으로 스터디 카페처럼 이용할 수 있는 시설인지를 묻고 있는 겁니다. 진짜 공유 오피스처럼 수십만 원 내고 한 달 이상으로만 이용할 수 있는 그런 곳으로 운영하실 거냐고요!"

"동네 장사인데 당연히 고객 니즈를 맞춰야죠. 지금까지 좋은 말로 설명해드렸잖아요. 스터디 카페와 비슷한 구조의 공간이 있을 수도 있다고요. 왜 본인이 못 알아듣고 성질이에요? 꼭 누구 협박하듯이."

"그럼 결국 시간당 2000원 받고 자리 파는 스터디 카페 만든다는 말이잖아요. 제정신입니까? 양심이 있어요? 그쪽이 지금 무슨 짓을 하는지 알기나 해요? 자기 건물 임차인한테 어떻게 이럴 수가 있어요?"

결국 임대인의 목소리에서 우아함이 가셨다. 사람이 가면을 벗는 순간은 언제나 삶에 균열이 일어나는 순간이었다.

"진짜 보자 보자 하니까. 좋은 말로 하니까 못 알아들어요? 그렇게 머리가 나쁘면 사업을 하지 말아야지. 내 건물에서 내가 사업하겠다는데 무슨 참견이 이렇게 심해요? 저질이야, 진짜. 이래서 돈 없는 사람들이 단체로 욕먹는 거예요. 자기만 먹고살려고 아등바등. 혹시나 자기한테 요만한 피해라도 떨어질까 전전긍긍. 이래서 사람들이 있는 사람들 사는 동네에 살고 싶어하는 거라고요. 매너 있고 상식이 통하는 사람들하고 살고 싶어서."

"뭐라고요?"

"동대문 한번 가봐요. 옷가게 옆에 옷가게 낸다고 누가 뭐라고 해요? 한 동네에 치킨집, 중국집이 한 개씩만 있냐고요. 거기까지 갈 것도 없이 옆 동네 학원가라도 한번 가봐요. 위층이 아니라 한 층에도 같은 과목 학원들이 수두룩한데. 미용실 옆에 미용실 있고, 편의점 옆에 편의점 있는 세상이에요. 카페, 패스트푸드점, 심지어는 대형 은행이나 백화점까지 다 비슷한 상권에서 경쟁하며 장사하는데 사장님은 본인이 뭐 얼마나 대단한 사람이라고 나한테 전화해서 행패를 부려요? 왜 자기 사업 수완 부족해서 매출 못 챙기는 걸 저한테 화풀이를 하냐고요. 그거, 전형적으로 없는 사람들이 부리는 꼬장이에요. 한 달에 꼴랑 몇백밖에 못 버는 사람들이 열심히 공부해서 자산 불린 사람들한테 갖고 있는 전형적인 열등감이라고요."

더이상 참을 수가 없었다.

"그게 이거랑 같아요? 그쪽이 지금 예시랍시고 주절거린 것들이 여기 상황하고 같으냔 말입니다!"

시설업이었다. 임대료를 내지 않는 동종 업계 경쟁자와 가격으로 붙어 이길 수 있는 방법은 없었다. 심지어 임대인과 같은 건물에서 경쟁해야 했다. 숙박업이라면 인테리어라도 더 고급스럽게 해보겠다만 스터디 카페는 인테리어만으로 승부를 볼 수 있는 업종도 아니었다. 애초부터 공정한 경쟁이 불가능한 싸움이었다. 칼만 안 들었지 순 날강도였다.

전화기 너머로 대체 누가 전화를 했냐며 언성을 높이는 임대인 남편의 목소리가 들려왔다. 임대인은 괜찮다고, 자기가 알아서 처리하겠다며 남편을 말렸다.

"생긴 건 멀쩡하더니 말이 안 통하는 사람이었네. 됐고요. 불만 있으면 신고를 하든지 소송을 하든지 법대로 하세요. 꼭 못 배워먹은 사람처럼 이런 식으로 사람 협박하지 말고요."

전화가 끊겼다. 임대인은 더이상 할말이 없는 모양이었다.

대한은 아직 할말이 남아 있었는데 무슨 말을 어떻게 해야 좋을지 아무런 생각도 들지 않았다. 머릿속이 새하얘졌다. 눈앞에 닥친 거대한 문제를 해결할 방법이 도무지 떠오르지 않았다.

전화를 끊은 대한이 멍한 표정으로 스터디 카페에 들어섰다. 카운터 앞에 손님 한 명이 그를 기다리고 있었다.

"이거 좀 심한 거 아니에요?"

공사 소리 얘기였다. 무언가를 부수고 옮기는 소리가 온 건물을 타고 진동을 했다.

"시끄러우시죠. 죄송합니다."

"이런 건 미리미리 공지를 붙이셨어야죠. 언제 끝나요?"

"시끄러운 공사는 며칠 내로⋯⋯"

"하아⋯⋯"

대한은 진땀이 났다. 누군가의 시간을 빼앗았다는 미안함과 고객 한 명을 잃을 수도 있다는 불안감이 온 신경을 마비시켰다. 식은땀이 흐르고 심장이 빠르게 뛰었다.

"죄송합니다. 나중에 공사 기간만큼 일일권 얹어드릴게요."

"됐어요. 이번달에 시험이에요."

"저 그럼 환불이라도⋯⋯"

"그것도 됐어요. 저 4주 기간권 쓰는데 며칠 남지도 않았어요. 그런데 새해 들자마자 위층 공사하는 줄 알았으면 처음부터 여기 등록 안 했을 거예요. 그런 공지도 미리 하나 없고 진짜 너무한 거 아시죠?"

변명을 할 수도 없었다. 모든 건 업체 사정이었다. 대한은 손님을 일층까지 배웅하며 죄송하다고 연신 고개를 숙였다. 할 수 있는 일이 그것밖에 없었다.

고개를 들 수가 없었다. 비참했다.

배달을 나섰다. 일주일 무료 이용 공지문을 스터디 카페 앞에 붙여놓고 나서는 길이었다. 임대인의 횡포에 피해를 보는 사람은 자신 하나면 족하다고 생각했다. 기간권 손님들에게는 '1주 무료 이용 및 기간권 1주 연장' 단체 문자를 보내며 사과의 말을 전했다. 누군가에겐 부족한 조처겠지만 대한의 입장에선 최선이었다. 자신마저 사기꾼이 되지 않을 수 있는 유일한 방법이기도 했다.

배달을 하는 내내 대한의 머릿속엔 미래에 대한 걱정이 떠나지 않았다. 이대로 계속 매장을 유지하는 것이 최선일지 냉정하게 판단해야 했다. 큰 손실을 감수하고라도 사업을 접는다면 앞으로 어떤 일을 하며 먹고살아야 할지 앞날이 캄캄했다. 수중에 남아 있는 자산이라고는 대출이 한참 남은 아파트 전세금과, 다행히 할부금을 모두 치른 칠 년 탄 차가 전부였다. 긍정적으로 생각해보면 아직 집과 차는 남아 있었다. 그럼에도 불구하고 과감하게 새 승부수를 던져보아도 괜찮을지 도저히 감이 잡히지 않았다.

다시 취업을 하겠다 결심을 하더라도 순탄할 것 같지는 않았다. 어떤 직군이라야 취업이 가능할지 막막했다. 사십대가 가까워지니 CPA 자격증 없는 경영학과 졸업장은 사실상 무용지물이었다.

중장비 자격증을 따야 하나, 몸 쓰는 일을 알아봐야 하나, 모은 돈을 탈탈 털어 지금이라도 대학원에 갈까, 그것도 아니면 정말 공무원 준비만이 최선일까……

한창 생각에 빠져 있는데 전화가 걸려왔다. 경찰이었다. 빛의 속도로 닭발을 배달한 뒤 다시 매장으로 향했다. 이번엔 스터디 카페가 아니라 수면방이었다. 구청 공무원도 아닌 경찰이 온 것을 보니 심상치 않은 일이 분명했다. 다시 심장이 빠르게 뛰기 시작했다. 이러다 어느 순간 펑 하고 터져버리는 것은 아닌지, 걱정이 될 정도였다.

대한은 수면방에 들어서자마자 경찰 네 명과 청소년 여섯 명이 실랑이하는 모습과 맞닥뜨렸다. 교복을 보니 근처 중학교 학생들이었다. 1월인데 왜 교복을 입고 있는지 궁금했는데, 알고 보니 요즘엔 1월에 방학식을 하는 학교가 많다고 했다.

경찰이 대한을 보더니 말했다.

"사장님이세요?"

"네, 제가 여기 사장입니다."

"사장님, 방역수칙 위반 신고가 들어와서 보니까 방 하나에 학생 여섯 명이 들어가서 떠들고 있더라고요. 마스크도 쓰지 않고. 보니까 얘네 여기서 소주도 깠는데요?"

"네 명, 두 명 따로 들어갔다고요. 쟤네는 커플이라 방 따로 썼어요."

아이들이 큭큭거렸다. 심각한 상황인데, 아이들은 웃긴 모양이었다. 예약 앱에는 분명 한 명이 이용한다고 되어 있는데 들어온 인원은 여섯 명이었다.

"여기, 이것 보시면 예약은 한 명만 되어 있어요. 여기 예약 명단에……"

"아 씨…… 다섯 명은 나중에 돈 내려고 했다고요."

"야, 조용히 안 해? 너희들 부모님께 연락은 드렸어?"

경찰이 대한 대신 아이들을 향해 엄하게 소리쳤다. 하지만 아직 세상 무서운 줄 모르는 철부지들이었다.

"아, 엄마 없어요!"

아이들이 또다시 키득거리며 웃음을 터뜨렸다. 보아하니 소주 몇 잔에 완전히 맛이 간 모양이었다. 결국 경찰은 아이들을 경찰차에 태워 지구대로 연행했다. 서에 데리고 가서 해결하겠다고 했다.

조명을 모두 올린 수면방을 돌아보며 경찰이 고개를 저었다.

"요즘 이렇게 해놓고 자리 비우시면 문제 생겨요. 룸카페도 중고등학생들 데이트 장소로 유명한데 여기는 더하겠어요. 애들은 모텔을 못 가니까."

"이런 일은 저도 처음이라서요."

"무인으로 운영하시면 처음인지 아닌지도 알 수 없는 거 아니에요?"

맞는 말이었다. 스터디 카페 관리도 하고, 배달도 하고, 틈틈이 인터뷰도 하는 대한이 24시간 내내 수면방 출입구를 감시할 수는 없는 노릇이었다.

경찰 역시 난감하다는 표정이었다.

"여기가 다중이용시설이기는 한데, 수면방은 딱히 어느 그룹이다 하고 공문 내려온 게 없어서요. 있는데 제가 모르는 것일 수도 있고."

제발.

"이번만 구두 주의조치로 넘어갈 테니 다음부턴 신경 좀 써주세요. 이렇게 가벽을 천막으로 막아놓으면 어디에 몇 명 들어가 있는지 알 수가 없잖아요."

이 정도까지 비상식적인 일이 일어날 거라곤 수면방을 준비하면서는 상상도 하지 못했다. 그렇다고 사람을 쓰자니 인건비 때문에 수지타산이 맞지 않았다. 경찰에게 주의하겠다고 대답하며 대한은 고개를 숙였다.

돈 못 버는 사업가에게 고개는 자동 폴더였다. 돈 앞에 자존감 따위는 개나 줘버린 지 오래였다.

◇◇◇◇

결국 대한은 다시 어머니를 불렀다. 코로나 사태가 진정될 때까지 몇 달만 도와달라고 했다. 몇 달 안에 진정이 될지 대한도 알 수 없었지만 우선 급한 대로 몇 달만 출근하면 된다고 말씀드렸다. 어차피 임대 계약기간이 끝나면 어떻게 될지 모르는 사업이었다.

그렇다고 어머니에게 약한 모습을 보일 수는 없었다. 그래서 차를 팔았다. 어머니를 정식 직원으로 등록하고 월급을 드리리라. 어머니의 노동력을 무료로 사용하는 것은 그의 양심이 허락하지 않았다. 어머니도 일을 하면 정당한 노동의 대가를 받아야 했다. 남들도 일하면 다 받는 돈인데, 무료로 봉사를 하시게 할 수는 없었다. 아무리 가족이어도 노동과 임금은 중요한 문제였다.

배달을 나갔다. 어머니가 매장을 지켜주니 이제는 한결 마음이 놓였다.

임대인은 인테리어 비용을 2억도 넘게 들이면서 무조건 대한의 스터디 카페보다 저렴한 가격으로 운영할 거라고 소문을 냈다. 부동산 실장님으로부터 소식을 들은 고시원 사장님이 삼겹살집 사장님에게 이야기를 해, 결국 대한의 귀에까지 들어왔다. 이제 고시원 사장님도 대한의 든든한 동료였다. 동종 업계 사람만 아니면 고만고만한 자영업자들은 모두가 마음을 튼 친구고 동료였다. 평생을 함께 갈 수도 있는 인연들이었다. 그렇다고 더 가까워지는 것은 부담스러웠고, 이 정도 거리가 서로에게 딱 좋았다.

아파트에 치킨을 배달하고 나오는 길이었다. 벨을 누르지 말고, 바닥에 놓고 가지도 말고, 문자를 해서 답장이 없으면 전화를 걸어달라는 배달 요청사항이 있는 집이었다. 일층에서부터 문자를 보냈지만 답이 없어 전화를 걸었다. 잠시 후, 잠옷 차림의 남자가 문을 열었다. 그는 아기가 잠든 지 얼마 되지 않았다며 대한이 내쉬는 숨소리도 너무 크다는 듯 입술에 손가락을 가져다댔다. 다양한 사람들이 다양한 가치관을 갖고 살아가는 세상이었다. 인생이란 그런 사람들과 함께 살아가는 과정이었다.

치킨을 건네고는 다시 엘리베이터를 탔다. 핸드폰 진동이 울렸다. 매장 리뷰가 달렸다는 알람이었다. 대한은 앱을 켰다.

[새 리뷰입니다]

이것도 수면방이라고 차려놓은 겁니까? 천장이라도 막혀 있어야지 이건 그냥 지하실에 파티션 몇 개 박아놓은 거잖아요. 이러고도 돈을 받아요? 여기가 무슨 아프리카 오지입니까?…(더보기)

이런 걸 차려놓고도 돈을 받아? 차라리 얼마 더 내더라도 모텔이나 룸카페를 가겠다. 아무리 돈에 눈이 멀어도 그렇지 해도 해도 너무하네, 진짜.

답변을 달까 하다가 대한은 마음을 바꾸었다. 손가락이 얼어 오타가 날 것 같아 실내에 들어가서 하기로 했다. 밖으로 나오니 누가 밀치고 간 건지 오토바이가 넘어져 있었다. 비식 웃음이 새어나왔다. 그래도 죽지는 않겠지. 그래, 어떻게든 살 수는 있겠지.

낑낑거리며 오토바이를 세우고 있는데, 목덜미에 차가운 것 이 느껴졌다. 눈이 내리고 있었다. 빙판길은 무서웠지만 눈비 배달료 할증은 반가웠다. 건당 500~700원의 할증 요금을 더 받을 수 있었다. 대한은 서둘러 핸드폰을 켜고 콜을 받았다. 지 난달 수면방과 스터디 카페 전기요금만 82만 6000원이었다.

눈길이 미끄러웠다. 미끄러져도 일어나야 했다. 그는 대한민 국의 자영업자였다.

　코로나19가 처음 발생했을 때, 이 알 수 없는 전염병도 금방 종식되겠지 생각했습니다. 우리나라에도 코로나19가 번지는 것을 지켜보면서는 알베르 카뮈의 『페스트』를 다시 읽었습니다. 그때까지만 해도 '과거 의료기술이 발전하지 못했을 때는 이랬구나' 하며 다른 세계의 이야기를 접하듯 사태를 관망했습니다. 코로나19가 이토록 많은 사람들의 건강을 위협할지, 또 이렇게까지 길게 이어질지는 정말 몰랐습니다. 제가 살면서 겪을 전염병 위급 사태란 사스나 메르스 정도가 가장 심한 것일 줄 알았습니다. 그랬던 코로나19가 발생한 지도 어느덧 삼 년이 다 되어갑니다. 의료진과 그 외 방역에 관련된 모든 직종에 근무하시는 분들께서 고생을 정말 많이 하셨습니다. 감사합니다.

학생들은 오랜 기간 학교에 가지 못했습니다. 직장인들은
재택근무에 들어가야 했습니다. 요양병원에 계신 어르신들께
서는 일 년 넘게 가족을 만나지 못했고, 위급환자들은 적절한
시기에 적절한 진료를 받지 못해 목숨이 위태로운 상황을 겪
어야 했습니다. 방역 협조가 전 국민의 최우선 가치이던 시절
이었습니다.

그리고 이러한 비극과 혼란 속에 제 살점 떨어져나가는 것
을 묵묵히 참아가며 힘든 시간을 버텨낸 사람들이 또 있습니
다. 바로 자영업자입니다.

가족조차 타인이기에 온전한 이해가 불가한데, 다른 직종에
서 일하는 사람들을 완전히 이해하는 일이 가능할까요. '평소
에 돈 많이 벌어놨으니 괜찮겠지' '자기들만 힘든 것처럼 군다'
'힘들면 장사 접고 취업하면 되잖아' 같은 말들을 접하면서 자
영업자의 속사정을 글로 풀어보고 싶어졌습니다. 씩씩하게 이
겨내는 듯 보이지만, 사실은 사력을 다해 버티는 중일 자영업
자들의 삶에 대해 이야기하고 싶었습니다. 일한 만큼 돈을 벌
지 못하는 정도가 아닌, 평생 모은 수천, 수억의 돈을 투자해

사업장을 마련해놓고도 예상치 못한 상황에 정상 영업을 하지 못했던, 그래서 집이나 신용을 저당 잡아 대출을 통해 한 달 한 달 힘겹게 버텨야 했던 자영업자들을 기억하고 싶어 쓴 소설입니다.

결코 쉽지 않았던 오랜 시간을 버텨내주신 전국의 모든 자영업자분들께 감사하다는 인사를 드립니다. 더불어 폐업이라는 가슴 아픈 결정을 내릴 수밖에 없었던 수많은 자영업자분들께도 진심어린 위로를 건넵니다.

힘든 상황 속에서도 최선을 다하고 계신 자영업자분들, 그리고 오늘 하루를 열심히 살아낸 모든 분들을 응원합니다. 코로나19가 종식되어 우리의 기억 속에서도 희미해질 날이 하루빨리 찾아오기를 바라봅니다.

● ● ●

『안녕하세요, 자영업자입니다』는 브런치에 연재했던 소설입니다. 하고 싶은 이야기가 명확했고, 무엇보다 제9회 브런치북 출판 프로젝트에 출품하고 싶다는 욕심에 서둘러 글을 썼습니다. 특히 소설의 도입부에 해당하는 부분은 정말 짧은 시간에 완성했습니다. 소설 속 인물들에게 흠뻑 빠져 지낸 날들이었습니다. 이 소설에 깊이 공감해주시고 선뜻 출간을 결정해주신 문학동네에 감사드립니다.

2022년 서울에서

이인애

안녕하세요,
자영업자입니다

ⓒ 이인애 2022

1판 1쇄 2022년 6월 30일
1판 2쇄 2022년 7월 13일

지은이 이인애

책임편집 김수현 | 편집 이자영 박영신
디자인 엄자영
마케팅 정민호 이숙재 박치우 한민아 박지영 안남영 김수현 정경주
브랜딩 함유지 함근아 김희숙 박민재 박진희 정승민
제작 강신은 김동욱 임현식 | 제작처 영신사

펴낸곳 ㈜문학동네 | 펴낸이 김소영
출판등록 1993년 10월 22일 제2003-000045호
주소 10881 경기도 파주시 회동길 210
전자우편 editor@munhak.com | 대표전화 031) 955-8888 | 팩스 031) 955-8855
문의전화 031) 955-2689(마케팅) 031) 955-8868(편집)
문학동네카페 http://cafe.naver.com/mhdn
인스타그램 @munhakdongne | 트위터 @munhakdongne
북클럽문학동네 http://bookclubmunhak.com

ISBN 978-89-546-3730-5 03810

* 본 도서는 카카오임팩트의 출간 지원금과 무림페이퍼의 종이 후원을 받아 만들어졌습니다.

www.munhak.com